생일

# 생일

발행일     2018년 6월8일

지은이     진 난 희
펴낸이     손 형 국
펴낸곳     (주)북랩
편집인     선일영                              편집   권혁신, 오경진, 최예은, 최승헌, 김경무
디자인     이현수, 허지혜, 김민하, 한수희, 김윤주   제작   박기성, 황동현, 구성우, 정성배
마케팅     김회란, 박진관, 조하라
출판등록   2004. 12. 1(제2012-000051호)
주소       서울시 금천구 가산디지털 1로 168, 우림라이온스밸리 B동 B113, 114호
홈페이지   www.book.co.kr
전화번호   (02)2026-5777                      팩스   (02)2026-5747

ISBN      979-11-6299-167-1 03810(종이책)   979-11-6299-168-8 05810(전자책)

이 도서의 국립중앙도서관 출판예정도서목록(CIP)은 서지정보유통지원시스템 홈페이지(http://seoji.nl.go.kr)와
국가자료공동목록시스템(http://www.nl.go.kr/kolisnet)에서 이용하실 수 있습니다.
(CIP제어번호: CIP2018017311)

(주)**북랩** 성공출판의 파트너

북랩 홈페이지와 패밀리 사이트에서 다양한 출판 솔루션을 만나 보세요!

**홈페이지** book.co.kr  **블로그** blog.naver.com/essaybook  **원고모집** book@book.co.kr

진 난 희
시 집

# 생
# 일

북랩 book Lab

## 내 시집에 부쳐

잉태된 말들이 배가 너무 불러 출구를 찾지 못해
억지로 배를 가르고 웅크리고 있던 나를 끄집어냈다.

핏덩이를 핥으며 껍데기를 벗겨낸다.

다섯 줄 위에서 아는 척 발을 구르는 유치한 노래들.

삐뚤어진 구도를 붙잡고 힘겹게 묘사되어 온 순간들.

한 번 적나라해 보고자 애썼건만 통째로 무시되어 버린
종잇장들 위의 언어들.

몇 자라도 맞추어진다면 그것만으로도 기억하고 회상되리라.

시를 써 보고 싶었는데 써 놓고 보니 부끄럽기가 그지없다.

시가 아니다.

2018년 5월

진난희

목차

밤

마른 흙을 간다
갈증을 푸는 물줄기
발 뒷꿈치를 따라 돌고
움켜쥔 다섯 손가락 안에는
방금 자위를 마친
어지러운 자유들이 뻘에 도착한다
불가사의한 터널을 지나서
언제쯤 첫사랑 피울까

° 봄, 논에 못자리를 내며

# 제사

석양이 산 하나를 바라보며
한참 그림자를 드리웠다가
조용히 산 너머로 제 몸을 넘긴다

산봉우리에는 색바랜 잔디가
추운 겨울을 지내고
초록 풀을 틔워 올리기 시작했다

아이는 새파란 어린 풀들만
골라 뜯어서 소꿉놀이를 한다
풀잎과 뿌리로 밥을 짓고
나물을 무치는 흉내를 낸다

나뭇가지 꺾어 떡을 빚고
반찬들도 즐비하게 만들어 세운다
냇가에 들러 물을 길어와
술을 따르고 멍하니 서 있는 것이다
바람이 살랑하게 지나는 찰나
두 손을 모으고
정성을 다해 큰절을 올린다

° 어린 날, 조상님 무덤가에서 자주 놀았다.

# 탐욕

삐삐가 책을 선물했다.
책 끼고 걸어다니는 내 모습이
기막히게 책과 잘 어울린다고.
오늘은 날이 좋아
책 선물을 하고 싶었다고.
가로숫길을 걷는데 아직 초록이지 않은 나무도 있고
너무 무리해서 자라나 새파래진 나무들도 종종 보였다.
지하철이 몇 대씩이나 지났을 건데
우리는 몇 개의 지하철역을 더 건너뛰며 걸었다.
책을 끼고 있으면
유독 잘 어울린다는 그 이유로
발이 아파도 삐삐를 꼬드겨서 긴 길을 걸었다.
튼실한 나무 둥우리들이 책 냄새를 맡고
둥둥둥 둥을 곤추세운다.
향수를 맡은 까닭이겠거니 싶어져서
얼른 가방에 책을 쑤셔 넣었다.

바람이 불어 나무가 뿌리째 흔들리며
가방끈을 잡아당겨 혼을 빼놓는 것 같았다.
다음에는 촐싹대고 돌아다니지 말고
집으로 와서 당장 책꽂이에
책을 심어 놓아야겠단 생각을 했다.
오후 내 책을 끼우고 돌아다녔던
겨드랑이 사이로 숨어든 햇살이
이 밤
간지럽게 책장을 넘기고 있었다.

°벗을 만나 날이 좋아 좀 걸었다.

# 감기

여름이다
겨울 같다
나는 추워서 스웨터를 꺼내 입는다
여름 속에서 살기를 거부한 것처럼
따뜻이 여며 입는다


약 봉투를 뜯어 보았다
어디에도 두꺼운 스웨터를 껴입으라는
당부는 보이지 않는다
혹여 몸에라도 바를까 염려하여
먹는 약이라고 표기되어 있고
봉투에는 복용방법이 친절히 적혀 있다

김치와 장을 꺼내고
밥을 퍼 담았다
이리 잘 먹고 나면 키가 클 것 같은데
식후 30분 후
약을 먹으라 다그친다

몸은 말을 듣지 않는
버튼만 남겨둔 것 같다
살아나야겠다
밥도 다 먹고
약도 다 먹었다
입만 살아가지고

°감기를 다스리며.

## 비빔밥

나는 더러 울 때가 있고
나는 자주 먹을 때가 있다.
울 때 나는 콧물이 엄청 흘러나온다.
미담을 듣거나 영화를 보거나
드라마를 볼 때 울게 되면
장르별로 따라서 콧물도 흐른다.

먹을 때 나는 콧물이 많이 나온다.
뜨거운 국밥이나 매운 걸 먹을 때
나는 콧물이 엄청 나온다.
너무 많이 나와서 주체를 못 해 당황한다.

울 때 나오는 콧물은 약이 없다
또 밥을 먹을 때 흐르는 콧물도 매한가지다.
그냥 하얀 화장지로 훌쩍이며 닦거나
팽 시원하게 풀어 버리는 수밖에 없다.

그런데 참 희한하다.
고생고생해가며 쏟은 콧물이라 그런지
그리 풀고 나면
정말 속 시원해지는 것이 마음에 쏙 든다.

병원에 들르면 언제나 비염이 심하다고
약을 좀 쎄게 달라고 한다.
그러면 최 선생은
"이 정도는 누구나 다 겪습니다." 하며
콧구멍을 치킨다.

그럼 누구나 나처럼
생애를 마칠 때까지
코를 풀 작정으로 산단 말인가.
그 듣던 중 반가운 소리다.

°만성비염, 사람은 울어야 살 수 있다.

15

# 우기

칙살맞은 비가 내린다
하루 내 싸릿문 열어 두고 아들 오길 기다리며
빗속에서 송아지 울음을 듣노라던
오래된 남자 가수의 수더분한 노래 한 곡조가 듣고프다
불면의 밤을 시끄럽게 보냈더니
간도 쓸개도 없이 텅 빈 듯 속병이 나 있다
해장국 한 그릇이 간절해진다
홀로 식당에 든다

내 우주 구석구석을 달달하게 위로하기 위해 입술을 딴다
오랜만에 받아든 국은 낯설기까지 하다
밋밋한 어설픔이 싫어 청양고추 다대기를 더 불렀다
목구멍으로 넘어가는 국물이 매캐하다
사람의 불타는 속을 치료코저
앞질러 목숨을 버린 혼들의 내장은
두어 점 씹다가 걷어내 버렸다

남자와 여자가 식당 안으로 든다
뜬눈으로 밤을 새운다는 건 초췌한 모습을 숨김없이 보이고
퀭한 눈으로 어쩔 수 없이 세상을 담아야 한다는 노릇이다

여자가 수저를 챙기는 소리가 났다
해장국 두 그릇이 식탁에 놓인다
말없이 국물 떠먹는 소리만 들린다

지난밤 새빨간 은어들을 뱉으며
구름 위에서 거짓말을 짰을진대
뜨겁고 진하게 데워진 입술은 불타고
환상으로 부풀어 발기된 여자의 젖은 달았을진대
서로를 어루만지며
깊고 적막한 외로움을 뚫다
고집을 피워버린 그 밤
시시한 마법을 부린 남자는
끝내 오르지 못한 여자의 절정에 기죽고

그릇 바닥 긁는 소리가 요란하다
우리는 허한 속들을 두둑이 채웠다
나는 빵빵해진 내 배를 두드린다
거북하다
뱃가죽을 찢어 여태 오물거리며 삼킨 가축 쪼가리들을
반쯤 덜어내고 싶었다

° 어떤 새벽 해장국 집에서 삶을 말아 먹다.

17

# 가면무도회

코스모스가 살았다
허리가 가늘었다
아니 목이 길었다
그래서 사슴을 소개해 주었나
둘은 닮은 것들이 많아서
비슷한 이야기를 잘 주고받았다
낮이고 밤이고 둘은 너무 좋아했다
아침이 오면
더욱더 아름다운 몸을 흔드는
코스모스를 바라보며 사슴은 행복해했다
둘은 날마다 정다운 모습만 보였고
나는 울적했다

어느 날 달빛이 차갑던 밤
나는 코스모스를 죽였다
교만을 꺾인 꽃은 노래를 멈췄다
앞마당에다 코스모스를 묻기로 했다
사슴은 펑펑 앉아 울었다
울 구실을 찾은 양 목 놓아 울었다

땅을 파고 코스모스를 눕히는데
모가지가 힘없이 떨어졌다
사슴의 목소리도 쨍쨍 높아졌다
사슴의 노래가 시끄럽다
몇 밤 자고 나면 다시 살아 피어날 텐데. 나는

°책갈피 해 두었던 마른 코스모스를 마주하며.

# 절세가인

차고 아득한 호수에 붓칠을 하니
달이 두 덩이씩이나 빠져서
나를 흔드네


높은 산에는
굳은 기개가
한 날에 미끄러져 내리고


꽉 다문 고집은
붉은 가시를 바르고
한 번 더 맹렬히 저항한다

<sup>°</sup>눈 코 입 화장을 하며.

# 사랑

심장보다 높게 하여 상처를 안아주세요.
피가 멈추면 꼭 연고를 발라주세요.
아이들이 놀다가 다쳤다.
병원놀이 하듯
한 놈은 응급처치를 하면서 쫑알대고
한 놈은 울상이 되어
손가락만 내려다본다.
환자는 울고
간호사는 단호하다.


나는 이 장면을 어디선가 봤다.
도마질을 하던 엄마가
그만 손가락을 베었다.
나는 수건으로 손가락을 돌돌 말고는
피가 멈추길 기다렸다.

한 며칠 후에
엄마는 큰 병원에 입원했다.
너무 아파서 오래 살 생각이 없단다.
아무래도 엊그제 손가락을
너무 아프게 누르고 있었던 걸 생각했다.


몇 밤 더 자고 나서
엄마는 상냥한 말들을 남기고
하늘에다 사다리를 놓고
아는 사람들과 인사를 하고
나에게도 악수를 나누고
사다리를 타고 올라가 버렸다.

남은 연고를 쭈욱 짜면서
엄마 손가락에 다 발랐더라면 하고
난 책임감을 느꼈다.
어디에서고 다친 손가락의 안부는
물어 오지 않았다.
엄마도 일요일처럼 맑게 웃으며 떠나갔다.
아픈 손가락의 오해와 진실을 파묻어 두고
한 마디 유언도 없이.

° 삶, 더러 갑자기 베어 아프다.

# 해거름에 부쳐

오늘 같은 날은 서둘러 저녁이 오기를 기다린다. 여섯
시를 넘기는 그 무렵은 사람들을 잘 위로해 준다.
내내 열병을 앓았던 우리네 꽃밭에 해열제를 뿌린다.
와이셔츠 소매를 두어 겹 걷고 턱을 괸 사내의 마른
눈빛에도 불쑥 불쑥 날아드는 새떼들의 게으른 날갯
짓 속에도 쓸쓸히 서서 종일을 멍하니 보낸 장독대에
도 저녁은 내린다.
유년의 시절 숨바꼭질을 할 때도 슬며시 나는 저녁에
기댔다.
나를 잘 감추어 주던 무채색의 세상을 더듬거리는 게
마음에 들었다.
경미하게 어둠이 일렁이기 시작하면 식은 커피는 버린
다. 허락도 없이 노신사가 불어주는 색소폰 연주곡을
걸어 두고 적당히 노을을 친 서녘 하늘을 본다.
멀리 노을이 비치는 빈 들엔 밀레의 이삭 줍는 여인들
이 살아나서
자잘한 수다를 흘리며 오래된 습관으로 등이 더 굽은
것을 생각한다.

어둑해지는 골목으로 어깨를 늘이고 가는 청년은 고흐의 가난한 구두를 빌려 신고 있다. 기하학적인 무늬의 돌멩이들로 짜 맞추어진 길을 걸어가며 그는 어느 지도 끝에서 멈추어 서야 낡은 구두를 고쳐 신을 수 있을까를 고민할지도 모른다.

허한 저녁은 먹빛으로 더 서러워진다.

색소폰은 찢어지는 듯 가장 높은 고개를 넘는다.

아까 시장에서 풀죽은 생선들이 엎드려 나를 쏘아 보길래 누운 꼴이

하도 스산하여 고등어 한 손에 조기 댓 마리를 얹어 샀다.

푸른 바다가 추억인 내장들을 손톱이 헐리도록 끄집어냈다.

고등어와 조기는 한 솥에 넣고 조리하기로 했다. 내 이기로 그들은 불륜을 저지르기 시작했다. 가만히 상상한다.

구름도 서지 않을 간이역을 지나며 차창 밖을 보다 예술가같이 고집스레 뽐내고선 강가의 나목을 곁눈질한다.

치열하게 외로움을 베낀 노을이 하늘 저편에 마지막 독백을 중얼거리고 해가 빠진 강물을 동경한 유배자의 방문을 가슴 뛰는 저녁이 마중한다.

°저물녘, 먼 산을 닮다.

# 황무지

새 달력을 멀쩡히 걸어두고도
어떤 무리의 사람들은 새달이 들어도 쉬 넘겨 놓지 못한다.
그 새 달력 뒤, 그 아래엔
발뒤꿈치 어신 각질 같은 손대기도 뭐 할 것 같고 손댈 수도
없을 것 같은
묵은, 깊게 팬 화석이 되어가는 허무한 나날들이
새날들을 넘기다 보면
결국은 잊히지 못하고 새 달력의 마지막 장 줄에 새치고 들
어온다.
차라리 마른 구근으로 났던 겨울이 더 따듯했다는,
죽은 땅에서 라일락을 깨워 키우는 지금, 사월은 지독히도
잔인하다던
시인이 가르쳐 주고 간 이야기들.
이즈음 우리는 에러서 몽땅 지우고 싶다.
하나 다시 찾아든 사월은 끝내 독한 향수를 기억해 내어
천지 사방에 끼얹어 놓았다.

천둥번개가 울부짖는 그 밤 얼마나 많은 눈물이 하늘
을 뚫고 쏟아져 내려야 노한 노랫가락이 멈추어질까.
죄 많은 어미들의 한을 세어가며 나약한 사람들 처마
로 뛰어들 뿐
비겁하여 아무것도 마중하지 못하노라.
아! 4월, 그 애통한.

° 세월호, 2년의 세월이 흘러.

# 빨래

북두칠성이 얼음같이 떠오른 밤
빨래를 치댄다
땟자국 잘 빼준다는 새하얀 비누를
옷가지 앞뒤로 뒤적거려 칠하는데
빨랫감이 비누더러 중얼댄다
너는 내 몸을 기어오르던 전희고 유희며
환락을 맛보게 입술을 굴려 주었다
물러터진 비누가 한마디 거든다
꿈도 못 꿀 것 같던 몽환의 풍선을 불어
앞뒤로 서러이 교접하다

내 등에서 빨아 먹을 양분이 바닥났을 때

너는 다시 한 번 탁탁 가려운 실루엣을 펼쳤다

이탈하지 않기 위해

마지막 뿌리는 홀렁 뽑히지 않으려

안간힘 쓰던 서늘히 구멍 난 청춘

더는 헤프지 못하도록 비티는

닳고 닳은 나의 가슴

축축한 물기마저 남김없이 흘러보낸

깡마른 나의 유해

그럼에도 나는 주섬거리며

흘러내린 블라우스 소매에 붙어

때 묻은 옛날을 수정한다

°빨랫비누 바꿀 때가 되어.

바다

몸에 철썩 붙는 물살이
비늘을 하나씩 떼내고 있었다
따가워 물속에서
가만히 기다렸다
다음날에도 조금 더 기다렸다
다음날에는
정말 인어가 찾아왔고
그 다음 날에는 고래가
사방에 물보라 춤을 추었다
드디어 그 날
나는 독수리를 납치했고
인어와 고래를 잊었다

° 수영, 접영이 도가 트였다.

# 무명시인

좀이 쑤신다
도대체 이유를 모르겠다
책상 앞에 세 시간이나 앉았는데도
시구하나 제대로 떠올라 오지 않는다

사치를 부려 쓰겠다는 것도 아니다
초라하고 쓸데없는
빈약한 낭만 정도만 건져 올려도 된다
까닭 모를 고독에 기대어
낡인 말들이어도 된다

여전히 좀이 쑤신다
열 개의 발가락이
손가락이 차가워지기 전에
노래하고 춤춰야 한다

꼭 아름다워야 한다는 건 아니다
빛을 내는 눈동자 아래
입이 열리고
조각조각 술술술 수를 놓는

더 이상은 나도 사절이다

° 더러, 한 줄 말이
빚어지지 않을 때가 있다.

31

## 즐거운 유일

햇살이 무르익는 가을 들녘에는
언제나 아버지의 푹신한 짚더미가
귀퉁이에 둥지처럼 길들어 있었다
무에 그리 인생에 유별난 별 무리가 있을 것 같냐고
막걸리 푸고 한 잠 자고 일어나 나락 베고
그러다 또 술 한 잔 걸치고
하루에도 몇 채씩 집을 지어 놓으신다
그러면서 나에게 한 말씀 던지신다
아가 인생 뭐 있단다

담배를 깊이 물며 실종된 애인을 찾아 나서기 위해
잔뜩 뽐을 내고 나서시는 길
거울 앞에 당신의 나날들을 걸어두고
시시한 작품 평을 쓰시던 날들
철없이 빈 유리 귀퉁이로 들어선 딸에게
물끄러미 눈빛 쏘시며 한 말씀 하신다
너의 오늘은 네가 살아온 길을 엮고 짜는
역사에 기록될 시간이란다
잘 기억해 두어라

내가 조금 더 컸을 때
혼자서도 염소와 소 떼들을 풀 마당에 풀어놓고
세월 좋게 풀피리나 불면서
폼나게 살 수 있었던 날
아버지는 조금 늙어 계셨다
그래도 늘 내게 한 말씀씩
멋진 단도리를 챙기셨다
붉은 비단을 깔아두어라
너의 아름다운 땅에 올라타라
변명을 달고 집에서 달려나가거라
팽팽한 세상 속을 뒤지는
사내에게 침범하여 집을 지어라

21세기를 살아 보지도 못하고
아버지는 돌아가셨다
나는 아버지 집에 들러 풀을 치고 꽃나무만 남긴다
술도 한 병 치며 더러 앉았다 온다
돌아오는 길에 대뜸
한 마디 되새김질하는 말 듣곤 하실까
인생 뭐가 있던가요?

°벌초 2.

33

친구에게

해옥이가
고등어 한 손을 사들고 와서
구워 달라고 조른다
불씨 좋은 숯 모아 석쇠 걸고
한 손 올려 앉혀서
지글대며 구워대고 싶다

오월 단오에 그네를 뛰며
내 이름을 불러 봤단다
시월 보름날 산꼭대기에 올라서
내 이름을 애타게 소리쳐 불러 봤단다
아무 데서도 대답이 오지 않았다고 했다
그래서 성탄 날 이른 아침에
편지를 써서 내 이름을 적고
빨간 우체통에 넣어서 내게 부쳤다고 한다

편지는 아직 오지 않았고
고등어가 먼저 도착했다
하얀 이밥 한 숟가락에
쪼개서 얹은 고등어 살이
해옥이 정 같다


° 바람나서 친구 집에 놀러 가고 싶다.

35

# 전설의 고향

우리가 아는 이야기 하나 있다.
한 노파가 햇빛이 드는 날은
우산을 파는 큰아들을 걱정하고
비가 오는 날은 양산을 파는
작은아들을 떠올리며
노파 왈 죽어서도 자식들 걱정하느라
제대로 눈 감고 죽어 있을 수도 없다던 말.

그리고 내가 아는 이야기 하나 있다.
노파 곁을 지나며 다있소에서 가장 큰 우산을 샀다.
노파의 눈치를 보느라
거의 우산을 펴 낯을 가리고 나오다시피 했다.
뒤통수가 따가웠다.
하늘에서 압박붕대를 풀어내리는 것 같았다.

 내 것은 우산도 되고 양산도 되는 것으로
이래도 저래도 염려되지 않는다.
우산을 사는 날은 즐겁다.
햇살이 뜨거워 빈혈을 맞은 날
큰 나무처럼 기술을 펼치는 우산
한 수 발전한 빈혈약처럼 나를 보호한다.

생각한다.
무례했던 중요한 문제를.
사소하다 무시한 늙은 그림자.
단단한 안목으로 버텨 먹고 사는 일만이 아닌
후세에 유산으로 길이 남을 교훈이라고
지금 적게 만드는 미래.

수북이 울타리 친 그녀의 양산 아래
빨랫줄을 매고
내 우산을 탁탁 털어 절정을 넣어 말린다.
아주 먼 옛날이 나를 이해하고 든다.

°오늘 날씨는 비 내리다 맑음.

# 길

눈이 내렸고
그 눈 위를 발자국을 남길 것을
이미 약속했던 나는
못이 박힌 구두를 신고 날았다
한 발,
내가 탄생한 일 년 후의
그날은 환희로 가득했고

두 발,
비틀대며 겁 없이
영혼을 처박아 두고
한없이 꺼내 쓰던
연민의 마른 가시들

세 발,
나이 오십이 넘어
이젠 줄도 맞추지 못하는
그래도 미지의 세계에서
눈부실 것에
끝까지 줄을 서 있는

° 자꾸 흰머리가 늘어 간다.

38

# 꽃뱀

힘차게 내뱉은
지루한 권태였다
어둠 속에서는
별이 피어나고
번뜩이는 길은 갈라지고
몸속을 찌를 때마다
오색 피를 흘리며
허물을 벗는

휴식마다
수정 같은 알을 낳고
매몰차게 달아나는
무한한 질주

낮을 훔친 밤은
한 번도 태양을 만난 적이 없다
그래서 차디차게
뜨거울 뿐이다

° 대낮, 지하철을 타면서.

# 몸살

갈비뼈를 지나서 그사이 어디쯤에다가
퇴적층을 한 겹 더 만들고 앉아 있다
퇴적물을 켜켜이 올려 쌓아서 네가 만들어 준 기억들을
나중에 후벼 파 보았을 때
잘 썩은 유해로 만들어 놓으려면 자꾸자꾸 한 가닥씩 덮어야지
그래야 부분적 기억상실에라도 걸려 의지하든지 할 것 아니니
더 이상은 어리석지 않게 그리그리 잘 굴려야지

비에 젖은 날은 격하게 울고 달려오던 싸늘한 너의 몸
혹 꼬물거리며 스멀대던 미지근한 너의 비린 살 냄새
나를 안으며 너는 달달했고 나는 슬퍼했었지
꼬마 아이의 소맷자락에 묻은
엷은 땟자국처럼 눈물을 훔치며
한참을 울다가 고개 든 문드러진 나의 낯빛
그 얼굴을 말갛게 닦아주며
나는 온몸의 소름을 지배하는
가장 도드라지고 출중해진
봉긋해진 너의 낭떠러지에 올라선다
미리 착륙한 피가 돌고 있다

°몸살이 씻은 듯이 나을 무렵, 까불어 대며.

# 소변금지

이 좋은 세상
호시절을
그저 곁눈질 흘겨
주고받으며
눈칫밥만 먹고 살다 가신 당신
……
따라서
위반하시길

° 소변금지.

# 신

어쩌면 한여름에도 군불을 때가며
매운 연기를 피워 올렸을지도 모르는.
그리라도 핑계를 삼아 눈물 훔쳤으리라.
멀리 높은 하늘가를 올려다보며
흐르는 눈물 참았으리라.

차가이 내치시며 대갈일성 내리시던.
실은 마음에도 없는 아픈 손가락 잘라내시며
속 깊은 곳에서는
뼈마디를 도려내고 계셨으리라.

모든 아팠던 상처를 가려줄
그래서 새하얗게 입히고 싶어
밤새 흰 명주옷을 꿰매 지으시며
한 땀마다 죄를 쌓으시던.

일부러 손톱 밑을 바늘로 찔러 가시매
후세에 부디 다시 인연을 맺자
간곡한 소원을 하느님에게 빌어부치는 모정.

백 년도 넘어이 아직도 고국땅을
에이는 가슴으로 멀뚱히 바라만 보시는 아드님.
빈집 앞마당에는
아이들이 노란 날개를 달고 날아와
김밥과 코카콜라를 바치며 노래 한 소절씩 부르는.

더운 손길로 어루만져 뜰을 쓸어주시는 어머니.
정말로 집 나가서 죽어 버린 아드님을
이젠 부디 용서하시고
쓸쓸하고 야윈 푸른 성으로
데려와 주시면 어떠하실지.

°호창공원 안중근 의사 가묘에 들러
조마리아 여사를 생각하며.

이백에게

마흔넷, 그는 미련 없이 강물에 몸을 던졌다
물길 따라 그는 낭만적 표류를 시작한다
그의 생의 강은 거칠고 깊디깊었다
하나 그는 물살을 탓하지 않았다
황홀한 세월이라 여기며 노를 저었다

한 꾸러미의 돈이 생기면
어디든 자리 깔고 앉아
시를 짓고 산천을 사랑하고
나라를 걱정했다

성현들의 외로움을 배웠고
말술로 잔 잡아 권하며
진정한 술꾼으로 남기를 바랐던
하여 나는 이에 반해
이 멋스러운 작자의 곁을 내달라 청하여
기꺼이 작부로 앉아 줄 수 있다

숫돌을 차린다
칼을 갈고 마음을 갈아 놓는다
아!
나는 나를 안아준다
못된 말들을 배우고 적은 것이 가엽다
애쓰지 않고 아무렇게나 휘갈겼다던
기세등등했던 그의 감정이 탐난다


반지라운 소리만 불렀던 그의 귓가에
조요한 이 시대의 말들을 전한다
오늘 밤은 그의 여인으로 팔베개를 벤다


° 이백의 애인 A 따라잡기.

# 달거리

집에 앉아서 역마살을 다스린다
이는 분명
나를 부르던 날
함께 잉태되었을 것이다

어미의 오르다가 만 언덕에서 시작되어
아비의 성숙하지 못한
부실한 노래로 끝난 진흙탕 속을 달려
맨발인 채로 뛰어들던 내 고향은
그날 이후로 나를 감금시켰다

나에게 까불지 말라고 협박을 하던
나의 궁전을 난 물로 보고 있었다
혼자서도 처박혀 살 만했다
그러나 때때로 너무 캄캄하여 죽을 것 같았다

어느 날 누군가
밖에서 공주의 이야기를 들려주었다
훤한 세상에서 뛰어노는 공주가 되고 싶었다
나는 탈출하기로 작정했다

어머니는 또 한 번 흉년이다
나는 그녀를 꼭 닮았다
달마다 나도 붉은 전설을 낳는다
목숨을 건 귀신들이 다리를 절며 해방되었다

° 생리통에 비실거리며.

# 사치

눈물을 닦을 수 있게 함께 해 준 화장지에게 감사한다.
글을 쓸 수 있도록  곁에 있어 준 연필과 종이들에게 감사한다.
내가 지저분하게 만든 집안을
싹싹 쓸고 닦아주는 청소기와 걸레에게 감사한다.
내 몸을 감싸주는 옷가지들과 장갑과 양말들에게 감사한다.
내 발을 누추하지 않게 반짝이며 발을 넣어주는 신발에게 감사한다.
감성을 키워주는 시집과 소설책을 읽을 수 있는것에 감사한다.
추운 날 따스히 나를 덮어주는 이불에게 감사하며
나를 편히 쉬게 하는 침대와 베개에게도 감사한다.
맛있는 음식을 먹게 해주는 소금과 간장 고춧가루에게도 감사한다.
밥과 라면과 김치와 나물들에게도
내 몸을 챙길 수 있게 해준 것에 감사한다.
불 없이 어찌 요리할 수 있었을까 생각하며 불에게 감사한다.
어느 날 취중진담을 늘어놓을 수 있도록 달달하게 홀짝대던 내게
몰래 눈감아 주었던 술에게 감사한다.
큰 그늘이 되어주는 나무에게 감사하고
그 아래 앉을 수 있도록 놓인 의자에게 감사한다.

아픈 상처를 보듬어주는 빨간약과 대일밴드와 연고약에게 감사하며
외출 시 예쁘게 바르고 나서게 하는 화장품들에게 감사한다.
기름때 묻어 미끄럽고 더러워진 손을 비누와 퐁퐁으로 씻으며
이들이 없었으면 인생이 어쩔 뻔했을까를 생각하며 감사한다.
물기 젖은 손을 닦을 수 있는 수건을 가진 것을 감사하며
마시고 씻을 수 있는 물 없이 어찌 살려고 했을까를 생각하며
오늘도 물에게 무한히 감사를 전한다.
내일도 세상에 수많은 이 모든 일들이 변함없이 행해지기를 바라며 기도를 한다.

°말없이 지구를 지키는 공기에게 감사하며.

# 마사지

꽃 피는 봄이 오면
내 몸은 근질대기 시작하는 것이다
언 땅을 새록이며 삐죽거리고
파고 기어 나오는 풀떼기처럼
모공이 다 열리는 것 같았다
확확 다 뽑아버리고 싶은
알 수 없는 새순들
내 몸 여기저기에 흐드러진 자궁들은
봄 내내 꽃을 피워 올리겠다고 아우성이다
나는 낭군에게 말했다
내 몸에 귀신이 산다고
낭군은 몹시 쇠한 것 같으니
침이라도 맞으러 가자고 하신다
나를 걱정하는 낭군의 노래가 듣기 좋다

어느 산골 멋지게 들어앉은 암자

걱정 없이 가부좌를 틀고 앉아

빙그레 웃는 부처 앞에 벌러덩 누워

비구니가 내 위를 왔다 갔다 넘이를 하며

칼춤을 추고

훠어이 훠이 물렀거라 귀신아

한 판 굿을 피워주면 날아갈 것 같겠다

그리고 터지다 만 영가들은

그만 꽃 배에 태우고

강을 건너게 밀어주고 싶다

해가 꺼진 봄밤은

가지런히 머리를 빗고

마지막 고집을 묶어 굳은 살에게 바칠

꽃 한 다발을 요구한다

° 우리 민족의 얼, 굿

# 가을에 묶어

스락한 가을
서러운 살들이 떨리는
숭숭 구멍 난 계절 앞에
스산함을 보충이라도 하듯
이 밤에 비까지 추적여
불어터진 10월은 비바람에 유괴된다

일제히 우리를 깨워
같이 외롭자 들쑤시는 그대
오늘 밤도 쓸쓸한가 보군
그래 실컷 울다가 올라가길 앙망하네
누군가 내 미세한 핏줄을 타고 들어와
선언하는 모든 말들을 헤집고 나간다

비가 내리고 포만한 밤이라 술을 챙긴다
피곤한 근육들에게 알코올을 심어
폴폴 한 올씩 녹인다
청승맞은 쓰디쓴 심연을 사발째 들이키고
추담은 직성을 풀고 있다

밤기운이 축축하다
사나운 비는 여태 창을 후려갈긴다
야윈 꼴로 냉담히 누워서
해부되는 가을
발기발기 둔갑하여
내일은 어느 나라에서
몸을 벗을까


°할머니 제삿날 밤 열두 시.

# 천하장사

기러기 떼가 하늘가를 날아 집으로 가고
태양도 하루 다 살았다고  자랑하면서
저녁 산을 넘어가고 있는데
오늘도 지나는 길에
선생의 집 앞을 그냥 지나치지를 못해
빼꼼히 마당으로 코 들이밀고 들어섭니다.

오늘도 복 터지신 양반 두 여인네 두루 끼시고
가타부타 떠들어 대시는 노랫가락에
바짝 귀 세우고 무덤가에 붙어
한 대목씩 따라 부르는데
두 여자는 노한 눈매를 흘깁니다.

 더러 좁은 집이 걱정되어 막걸리 한잔 올리며
모른 척 입술을 떼고 여쭈어 봅니다만
여인들께선 꿈쩍도 않으십니다.
역시 검소함이 몸에 배어 엄살도 모르시는.

우리가 남녀 일로 질투하는 그런 거 말고
세상사를 어찌해야 할지 물어보러 온 지도 한참 전이고
요샌 뭔 궁리를 하고 누워 계신가도 궁금하여
이따금 들리는 것인지를 다들 알아주시면서
올 적마다 아무 말도 없으시니
빈손으로 내려가 뭐라 변명하기도 그렇다는.

급한 마음으로야 당장 집을 파고 들어가
속에 천불을 꺼달라고 온몸을 데굴리며
한바탕 울어대도 시원찮을 테지만
내 이번도 웃고 넘기지요.
이 참는 것 또한 당신이 가르치신 인생의 길이니
오늘도 숙지합니다.

해마다 회춘을 하시는 선생님.
머리꼭대기 시원하게 훑어 상투 틀고 앉으시어
다시 한 번
천하를 호령해 주시면 아니 될런지요?

° 성호 이익 선생의 묘소에 들러.
선생께서는 두 부인과 합장되어 계시다.

잠시비비

아이야.
신발을 벗고 구두를 갈아 신어라
발가락을 가지런히 맞추고 발뒤꿈치를 치켜들어라
네 그 길고양이처럼 찢어지고
광기 어린 눈빛 쏘아 째려보며
야무졌던 입술 풀고
권태로운 상상이 주렁주렁 매달린 화려한 치마 끝자락
미쳐서 터져 피도록 돌고 돌아
썰물같이 춤을 몰아라
층층이 하늘을 날아오르는 너의 퍼진 레이스 위에
철딱서니 세상 태우고 웃음 입에 걸고 뛰며 놀아라
빙글빙글 춤추다 길을 잃으면 그냥 두고 오너라
네가 그리워지면
길은 너를 보러 삐죽이 찾아온다
그때 마중하거라 아이야
어느 날 너의 만병을 통치할
어린 뼈들이 뭉쳐서 담담해지기 시작했다

네 구두가 하늘로 난다
다시는 가난하지 않겠다던 내 마음도 날개를 고쳐 달고
네 곁을 비상해볼 다짐을 한다
네 골짜기로 찾아든 사람들도 고백하고 나섰다
그들은 아무에게도 말하지 말 것을 당부한다
모든 것은 비밀이 되어 간다
우리는 습자지를 대고 추억처럼 네게서 불어오는 혁명을
베낀다
분홍빛 너울을 천지사방에 늘어놓고 돌다가 쓰러지면
엄마가 업으러 온단다. 날아가라

° 잠시, 끝나지 않을 잔치

## 호박죽

얼마 전 국내 굴지의 건설사가
아주 오래된 역사를 모조리 밀어붙여
싸그리 지워 버렸다고 한다.
하여 나는 내 어린 날의 작은 놀이터를 잃었다.
나는 헐어빠진 육교 밑에서 자주 놀았다.
때 묻은 손으로 육교 다리 기둥을
문지르고 빙글대며 맴을 돌다가
손톱 밑을 쳐다보며 더러워진
손아귀를 아주 마음에 들어 했다.
해가 지도록 돌아오지 않는 엄마는
오늘도 그녀의 청춘을
시장 바닥에 늘어놓고 파는 모양이었다.

색바랜 시든 삶을 애써 푸르게 세워 두며
청승 한 바구니를 담아 두고 앉았나 보다.
비가 오는 날 더러
어머니의 고무다라이를 마당에 내놓고 빗물을 받아
소꿉을 살았다.
어머니 한은 철없는 딸아이가 무시하는 바람에
그나마 한 꺼풀 꺾였다.
그때는 작곡되지 않아서 없던
지금에야 불리는
쌉싸름한 노래 몇 곡을
당신의 거친 길 위에 곱게 틀어 놓고 싶은.


° 어머니는 자주 머리에 똬리를 트셨다.

# 크리스마스

정성을 다해 고개를 숙이는 노목의 목례
죽은 풀꽃들은 더 이상 옳은 것을 찾지 못해서
꼿꼿한 몸을 땅바닥에서 일으켜 더욱 더 기립하는
색깔도 멋지게 색칠한 그런 겨울날
하루 날 잡아서 떡 사들고 술 한 병 들고
그대에게 찾아가는 날
그 휴식에 들고 나니 안도가 스미는
어젯밤 케이크에 촛불 켜고 박수 치며
축하의 세리머니를 진하게 받쳤더니
밤새 꿈결에 나무아미타불 관세음보살
오늘 올라와서 낯빛 들여다보니
어제 다녀간 행색을 감춘
어서 손 모아 소원 빌어 부치라는 부처는
오늘도 오랜 습관으로 빙그레레
소주 한 잔 치는데 술병째 냉큼 빼앗는
궁핍한 불멸의 영혼
줄기차게 들이부어도 갈라터지는 목마름
메마른 봉우리를 쓸어가며
나는 조물주가 심은 세상을 더듬었다

° 성탄 날 해인사에 다녀와서.
  성철스님 사리탑에도 들리고.

60

# 밥

하루가 꺼졌다
먼 산도 어둠 속으로 빠듯빠듯 숨고
하늘도 아득히 멀리
높은 곳으로 달아나 버렸다
커튼을 친다
내 속은 출출해져 출렁인다

콩나물 비빔밥을 비벼가매
문득 떠올린다
그래도 예전엔
고추장 떠 넣어가매
슥삭 비벼 주던 사람도 있었는데
숟가락 부딪쳐가매
한 술씩 떠먹여 주던 사람도 있었는데

하얀 새치 자락을 골라 솎으며
예쁜 색칠을 해주겠다던
다정한 사람도 있었는데

오늘은
머리꼭대기를 짬짬이 긁어대며
속 따가운 빨간 밥을 비빈다
날개를 펴기도 귀찮아
불편한 평온에 빠져서는

˚남편이 밥 먹고
들어온 어느 겨울밤에.

61

# 화혼

근질근질한 땅은 독을 뽑아버린다
숨통이 트인 땅은
그제야 피가 돈다
골절상 입어 쑤시던 몸뚱아리
한 줌의 태양 빛살을 쬐며 휴식한다

한때 연인처럼 욕망을 뒤섞던 옛날
송이송이 하얀 과장들을 매달고
얽힌 관계들을 끊어낼 생각도 없던 산
늘어지게 드러누웠다가 운 좋게도
먼저 발을 빼는
늙은 추억을 배웅한다

약간의 향기도 품지 못한
조용한 산은
산다는 것은
어차피 울적한 연속이라고 소리친다

겨울 끄트머리 어느 날
나무꾼들이 산으로 올라갔다
사철 야시같이 변화무쌍한 문신을 새기며
해마다 물이 오를 꽃순이 달린 나무를 질질 끌며

산은 또 빚지고 살기로 했다
하늘도 울고 있었다
기막히게 화려한 날이다
나무꾼들은 애인을 심기 시작했다

° 앞동산에 병든 아카시아를 베어내고
꽃나무 총총히 심는 일꾼들에게 커피를 내어 주며.

# 고구마

그리고 그는 겨울에 떠났다.
그러면 나는 그가 떠나간 길 위에
비발디의 겨울을 기똥 차게 켜주는
바이올리니스트를 깨웠다.
여름날을 연주할 때보다
확실히 겨울은 좀 삐딱한 선율이다.

바람은 살아서
비틀대며 쓰러진 나를 구해 준다.
장난삼아 그의 가슴을 가로질러
이미 혹독하게 언 심장을 파먹는다.

한 번 고민한다.
없어도 되는 계절은
왜 해마다 찾아와서
뼈째로 발린 서러운 고통을 이해하는 척인가.

격렬히 싸우다 까진 팔꿈치는 추억을 쓴다.
아무리 뒤져도 설산에는 죽은 나무들만 산다.
축축하지도 않아 자주 목이 메인다.

내 애인들은 겨울에만 나를 버린다.

° 입동 무렵,
고구마 다 캐고 난 마른 밭에 들러.

# 흐르는 강물처럼

발길을 뗀다
강둑에 올라 본다
무리 지어 날아가는 새떼들의 허공은
물 위에서 출렁인다
물속에는 구름이 헤엄을 치고
태양이 빠져 펄떡거리며 뛰고 있다

물속은 너무나 가난하여
지나는 나그네들을 모조리 유혹했다
잡아먹힌 부유한 초상들은
할랑하게 길을 따른다

이윽고 오후가 되었을 때
아이들이 강둑으로 모여들기 시작했다
아이들은 별 모양처럼 반짝거렸다
작은 별 슬픈 별 기쁜 별 또 외로운 별
별들의 노래가 물살을 갈랐다

아! 외롭다고 소리치는 별 아이
그 슬프고 고혹한 빌어먹을 열매를
언제 따 먹었을꼬
아이는 내 치사한 말에
체기 앉은 목소리로 위대하게 한마디 한다
도망쳐 숨어 보려고

° 강둑에 앉아 달래를 캐며
놀러 나온 아이들 물끄러미 바라보다가.

# 고름

몇 해째,
봄이
몸부림을 치는데
하늘은 어느 누구 하나
보내 주지 않는다

푸른 고집에 사로잡혀
맥없이 놀고 있는
이 미친 사월을 어디다
머리채 잡아다가 매어둘꼬

그대들을 안아 보고 싶어
아무리 허공에다
손을 뻗어 휘저어 보지만
줄줄 새어나가는 영혼들

속도 없지
벌써로 헤벌쭉 웃는구나
내 어찌
속 다 해진 새끼들의
애끊어지는 가없는 용서를
감히 가늠이나 할까

°세월호 추도식장에서 (2018.4.16.)

68

# 월하독작

언어를 잃어버린 듯
하늘은 입을 막고 흐리오.
술을 받게.
그대와 난 술을 마시며
죽은 척하고 살기로 하세.

빈 잔에 달을 떠야 하는데
그대,
빈 술잔이 있거든       달이 비를 맞는구려.
위로를 잊지 말게.       따갑지 않을까 몰라.
내가 그대를 아는 것을   술독에 홍수가 일어나네.
행운으로 여기리.
술 한 잔 더 받게.
내 첫 보답이오.

° 달밤 술주정을 부리며,
이백의 〈월하독작〉을 흉내 내다.

## 죽어빠시건

딸아이가 안경을 맞추러 가자는데
안 쓴다고 고집을 피우며 엄포를 놨다.
그래도 노안이고 하니
다정히 얼룰 때 말 들을걸 싶어졌다.

어르신들 말마따나 이젠 뭘 좀 읽으려 해도
도통 눈이 침침해져서
반짝거리며 총명하게 읽지를 못한다.

아주 오래전에 사서 오래간 묵혀 꽂아둔
큰 책이 아침부터 눈에 들어 앉는다.
하도 뒤적거려서 풀칠에 테이프를 붙이고 고쳐
돋보기까지 대령해야 읽을 수 있는.
교양과 학식으로 중무장한 사람들이 뽐내고 나서
자존심을 한껏 높여 뒤집어쓰고.
민족의 존립을 거들먹거리고
이러쿵저러쿵 자부심에 차서 쓰여진.

커피를 만들어 마시면서 저녁상을 봤다.
된장을 풀고 휘휘 저어
토박토박 두부를 썰어 빠뜨리고.
무우를 슥삭슥삭 삐져 넣고.
도마 위에는 마늘이 뻐근하게 누워서
빤빳빧빴빵 명랑한 가락을 타고.
대파를 송송송 쳐서 파루룩 끼얹어,
우리 말과 글로 된장찌개를 끓여 간을 보며
국난에도 떳떳이 얼을 지킨 선조들에게 큰절을 올린다.

오늘날 따박따박 이를 정리한
뜨거운 정력을 쏟았던 작자들에게
심심한 감사의 인사를 전한다.
한국의 언어는 인류공동의 유산이다.

°국어를 사랑합니다.

# 생일

만개할 것들은
이미 다 피어서 지고 없는
자연도 우주도 제 궤도를
가장 안정적으로 돌고 돌 때
여자는 배탈이 났다.

천정에 걸어 놓은 선반을 부여잡고
온몸을 지탱했다.
탈이 나도 아주 단단히 났다.
뱃속에서는
360도 제자리를 자꾸 도는 달리기를 해댔다.
행복한 숨바꼭질을 하는가 하면
의연히 잠잠해지다가 다시 온몸 구석을
바윗돌로 눌러 지각변동을 일으켜 놓는.

예법이 무너지고 의술이 마비되는
애련한 현장에 사지를 틀고
마른 입술로 생의 두레박을 내리는.
한바탕 폴랑거리며 뛰어놀다
성난 굴속을 뚫고 나오는 나른한 배설.
노란 하늘로 쏜살같이 지나는 손아귀
피로한 역사를 뜯어 낸다.

사각사각 이불 홑청 가는 소리에
사랑방 툇마루에 기댄 지아비
담배 한 대 문다.
문턱을 넘은 미역국 한 그릇
부수었던 내 집을 꿰맨다.

° 생일날 어머니를 생각하며.

# 숙제

외로움이 쳐들어온다.
수돗물을 틀어 머리를 처박고
엉겨 붙은 머리칼을 빡빡 문질러대며
풍성히 샴푸거품을 체험한다.

여문 빗질을 성실히 구현하며
얼굴선을 매끄럽게 만지고
어설프게 누군가 만들어 달아 놓은
분홍 꽃핀을 귓가에 꽂아가며
죽은 꽃띠의 모욕을 다시 부활시킨다.

잊고 살던
더 이상 숭배하지도 않는 심장 옆에 붙어 사는
낡은 성감대를 흔들어 깨우고
느러터진 연주곡을 부탁할 시간에게
밥을 먹이고
치렁한 레이스를 감는다.

불빛이 부끄러워한다.
다른 방에는 이미 내력이 나붙은
성숙한 권태 한 자락이
승리의 깃발을 흔들며 곯아떨어졌다.
낭비벽이 심한 여자는
오늘도 싸구려 같은 밤을 헛짚었다.

바퀴벌레 한 마리
발가락을 핥으며 동정을 바친다.

°배란일

# 염색을 하며

천 년쯤 길렀을까?
긴 머리카락 타래를 풀어 놓는다
빗질을 내린다
엉킨 인연들은 참참히 부드러워진다
한 무더기 곁눈질만 하던
헝클어진 머리카락 뭉치가 떨어진다
마치 빛나는 물결에게 타살당한 것같이

탄력이 줄어들고 주름이 늘었다
틈만 나면 숭숭 대고 달아난다
아무리 좋은 비눗물을 먹여도 대꾸가 없다
잘라 주어야겠다
싹둑
케케묵은 검은 땅이 추락한다

숙청당한 이웃들을 빤히 내려다보며
더 이상 청춘을 뽑아 올리지 못하는
하얀 낙원은
새파란 동맥을 마신다
나의 대지는 멀미를 한다

° 덕지덕지 염색약 바른 머리카락
  빨리 감고 싶어 하며

# 장난

즐거운 녹음이 물러나고
숲에는 가을이 풀풀 날린다
신발 벗고 양말 벗고 찾아든 가을은
우리에게 어김없이 외롭기를 희망한다
서러운 울음을 자랑하고 나서는 시절 앞에
누구라도 속 쓰리지 않을 이가 있을까
헐벗고 쓸쓸함에 체해 작정하고 들어선
이 계절을 모른 체할 이 누구겠는가

구르는 펜을 잡는다
짜릿한 일필서의 기억이 언제였을까
그는 심통을 부리듯 아무렇게나 긁고 지나간다
또 그는 쇠한 신경을 달고 섰던 가을에게
만만히 직격탄을 날린다
슬슬 시인이 살아서 나온다
한 땅 냉큼 받아들고는 밭을 갈고 씨를 뿌린다
통쾌한 빈말들 찾아든 창고를 뒤지고 다닌다

가을은 절대 사나운 말을 낳지 못한다
감당치 못할 언어들을 닥치는 대로 끌어안고
조곤조곤 가려 쓰지도 못한다
그의 충실한 생활 덕분에 시인들이
주워 쓰는 한 잎의 말은 별이 되어 매달린다
낭만과 고독의 달인이라는 시인들
일거의 가을을 지독하게 따라 다닌다
해서 가을만 되면 시인들은 일상에서 부재다
풍성한 말 한 말씩 들이부어도
마음에 드는 시는 없다고 중얼대면서
한 소절씩 애가를 행군다

플라타너스가 소슬히 웃음을 팔고
저물녘 쌀쌀해진 태양은 말이 없다
탐욕에 찬 눈 부릅뜬 하늘이 고개를 처박고
풍경화 속에 갇히길 기대한다
순간 등을 때리는 바람 소리 찰지다
'내가 가진 법칙은 그런 게 아니야
구급차를 불러 줘'
가을은 그제야 자수한다

°중독된 사랑, 사랑하는 가을

79

# 알코올중독

일렁이는 술잔 속 텔레비전에서는
왕년에 잘 나가던 여가수가
늙은 가면을 걸치고 나와
변함없는 십팔번 곡을 부른다
여전히 역사 속에 살아있는
무릎 위로 올라간
다이아몬드의 꿈이 박힌
미니스커트를 두르고
맨다리를 반짝이며 절창이다
술병 주둥이는 이미
제 탁한 초상을 추방시킨 지 오래다

부어라
너의 목줄기는 신음하며 토한다
오늘도 너를 물어본다마는
날카로운 혓바닥은 낼름거리다 말고
한 번도 빼 들고 싸워 보지 않은
네 능선에 꽂힌
수많은 칼들은 꿈쩍도 않는다
지켜봐 온 내내 너의 등가시는 온순했다
나만 꺾여 누울 뿐이었다

눈두덩이 위에서
꾸벅이는 황홀한 꿈은
환락의 길로 미끄러진다
밤새 휘발하지 못하고 춤추던
유혹이 지옥처럼 떨어지고
나는 옆구리를 안고 칭얼댄다

° 밤낮으로 달콤한 술술술에게 주저함하며.

# 꼬끄리

선풍기 바람을 쐬며
막대사탕 하나 입에 물고
다리를 건들건들 흔들어대며
툇마루에 앉아 있었다
먼 하늘도 보고 바람도 보고

지나는 나그네 내 곁을 지나며
강가에서 물고기 잡는 태공에게
떡밥을 부어 주고 사온 그림이라며
식은 밥 한 덩이 있으면
그림을 넘길 테니 밥을 내오라 청한다

밥 한 상 차려나오니 맛나게 자시다
휙 그림을 풀어헤쳐 하늘에 너울대니
순간 태공이나 나그네나
어린 아해들에게 한 말씀  남기신다

인생은 예술이고
인생은 예술이어야 하며
인생은 예술일 수 있다

°겸재 정선의 그림 '노옹독조(낚시하는 노인)'를
감상하며.

# 수수께끼

구두를 벗고
자랑처럼 한층 무관심이 흥거워
무기가 되어 우둔한 쓸모없는
저녁을 끌어다 앉힌다.

정열에 찬 포도주
모처럼 트위스트를 구르고
멀리 가 버린 여가수의 애절한 사연을
대신 부른다.

질서없는 불빛들이 맴을 돌며
존경하는 밤에 외롭다고 쳐들어오는 자들의
애달픈 곡조를 연주하기 금지한다.
무뚝뚝한 언어로 잠들어 있던
겁많은 유혹이 피아노를 치며
소리 내서 노래를 읽어주네.

심심하던 다단조는
도돌이표를 격렬히 쫓아 침범하여
음악에 입문하고
공손히 세상을 이끄는 지휘 앞에
거만하고 안락한 재주를 불러내
오래된 점괘를 기억해 낸다.

배가 고팠다.
지금껏 칭찬하고 약속하고
영원히 쓰자고 했던
노래들을 무수히 파쇄했다.

° 막걸리부터 고량까지 마시고 노래방에서 놀다.

밀양

세상이 더러 시시해진다
그런 날 나는 허무를 따러
내 산봉우리에 올라선다
산에는 심장이 달렸다
그리고 막대사탕을 빨기 좋아하는
아이들이 살아 좋다

나도 내 어미의 펄떡이던
무성 진 푸른 산이 짜준 젖이 먹고 싶다
말라 비틀어지도록 쭉쭉 빨아 당겨 베물고
한숨 잠들리라

물컹한 살을 파고들며
처음 포태된 날을 애서 기억한다
제목도 없는 날 외롭게 빈방을 찾아
심해를 유영하다 남루하게 시작했던 삶
그래도 섬은 풍족하고 왕성했다

난 더 이상 젖이 안 나온다
아이들은 고아가 되었다
내 몸은 살을 붙이고 든다
고무줄을 뛰어야겠다

° 우르르 동네 아이들을 불러 모아
고무줄을 가르쳐 주던 날.

해

펑펑 오를 대로 올라 바늘구멍이라도 찔러
숨통이 트이고 싶은 건데
고집이다
부어올라 더 이상 부풀어 피어오르다 못해
내 속을 먼저 다녀간 허상은
그냥 하얗게
멍을 삭히는지도 모른다
붉고 엷은 분홍빛 몸매
겨우 머리를 올려
예리한 줄을 퉁기는
그 사이 자존심으로 버티어
당황하며 자라나 다시 서는 출발점
진통을 초월해 산고를 박차고 나온
호빵 같은 아이들
창공에 매어둔 금줄 줄기마다
나를 닮은 순진무구한 진주들
만장판을 누빈다

° 아이들과 모여 앉아 풍선을 불며.

# 부고

수줍은 꽃다발을 여자에게 바치는 남자
그 밤 둘은 뜨거운 사랑을 했다지
하지만 나를 잉태하지 못했어

사랑스러운 동그란 반지를 나누어 꼈다지
그 밤 둘은 태연히 사랑을 나누었지
하지만 나를 갖진 못했어

면사포를 들추고 여자에게 입 맞추는 남자
그 밤 둘은 마주 보고 사랑을 했다지
하지만 나를 만들진 못했어

몇 달이 지나고 여자는 밖에서 나를 불렀어
여자의 말을 듣고 쏜살같이 뛰어나갔지
세상은 뛰어놀 만 하더라구

살다가 또 한 번 여자가 불러서
여자의 집으로 갔어
여자를 풍수가 훌륭한 땅에 묻었어

한참 살다가 여자가 또 불렀어
하늘에서 내려오는 탯줄을 잡고 대롱이며
저기 재 너머 오는 꽃상여를 마중하네

° 귀천

# 마낙, 부엌에서 길을 잃다

어딜 촐싹대고 다녀와서 풀이 죽은 것이냐
도대체 무엇을 삼키고 왔길래
그리도 그 맛을 못 잊어
그리 안달이냐 말이다
무엇을 찾아 또다시 나서겠다는 것이냐
날뛰는 내게 심문한다

부처처럼 앉아서 소주를 따라 붓는다
말갛고 광활한 수정체가 가득 담긴다
먹다 남은 초라하고 궁상맞은 찌개를
찌꺼기까지 화려한 척 다 긁어먹었다
이리 몽롱해지고 나니
소는 앞산에다 매 놓고
어딜 또 폴랑대고 갔다 오고 싶어진다
지천에 길이니 어딘들 어떨까

바닥난 찌개 솥을 물끄러미 바라보는데
아이가 설거짓거리를 털고 있다
참 수월히도 토닥이고 있었다
오늘은 어차피 날 샜다
아이에게 내 소꿉을 빌려주고 부엌을 내준다
부뚜막이나 스산하게 닦아달라고 부탁해야겠다

마당으로 날아든 참새떼가
붙박이처럼 붙어 있다
새의 등에 올라타 오늘도 놓쳐버린
헤픈 웃음 부수고 온몸을 방랑에 들게 하는
이 빌어먹을 가을을
꽃다발 안기던 봄날에게 다시 바치러 간다

°바람도 몹시 불어 을씨년스러운 가을 저녁,
봄에게 안부를 묻다.

## 편두통

삐그덕 어딘가 쑤시다고
늦도록 숨어 놀 궁리 중이던 해가 난다
차라리 그대로 게을러터져서
한바탕 청승이나 뿌려주든지 하지 원
어인 일로 인심 쓰고 있나 싶었다

저항도 없는 시곗바늘은 다시 하루를 돈다
여가수의 절규 섞인 곡조도
꾸물한 날씨를 끈적이게 한다
겁 없이 목련이 터지고 멀미가 나고
오늘도 봄은 다시 주인이 되어
두 다리를 뻗는다

저잣거리 쏟아지는 햇살 아래 앉아
고갯짓하며 졸음을 즐기는 노파야말로
봄 한 철을 야릇하게 맞아대는 위인이 아닌가
스르르 고요가 기댄다

바람에 샤워를 끝내고 얌전해진
그림 같은 한낮
큰바람이 움직인다
앓고 깨어난 듯 오늘도 청량하다
싱그러움이 사방에 나풀거리고
목을 푼 허밍이 4월을 흔들고 있다

°이침부터 두통으로

여름

빠득빠득 설거지를 다 마치고
세탁기에 옷가지들을
북북 쑤셔 넣고 왜앵 돌려두고
구석구석 청소기를 쌔앵 돌리고
이마에 송글하게 맺힌 땀방울 식히려
선풍기 틀어 놓고 멍하게 앉았는데
옆집 아낙 막무가내 벨 누르고 쳐들어와
얼음 동동 뜬 커피잔 건네며
"커피 한 잔 할래?" 방긋 댄다.
야무지게 빨래를 널어주며
아낙은 이제 더워서 얼음만 먹겠단다.
냉장고 가득 얼음으로 채울 거란다.
나는 맞장구를 치며 그래야겠다고
크게 웃어 주었다.

얼음이 다 녹아 진했던 커피가

맹물이 다 되어 갔다.

멀리 응시하던 아낙 뜬금없이 입을 뗀다.

"자기 그거 아니? 난 아직도 겨울이야."

"자기 혹시 그거 알아? 나팔꽃이 언제 피는지?"

말끝을 흐리며 내가 물었다.

낮 2시,

딱 그만큼만 태양이 걸어가고 있었다.

     &deg; 사람은 더러 자연의 섭리를 거스르기도 한다.

# 불면증

분별력 없이 시선이 아무 데나 가서 꽂힌다.
이 밤에 안부를 물을 만한 곳은
건전지 힘으로 기계음 찰칵이는 벽시계
그곳이 유일하다.
저곳은 또 무슨 약을 삼켜야 진통이 멎을까?

아침이 오려면 멀었다.
태엽을 푼다.
자존심 구긴 새벽의 절규가 졸아 꾸벅이며
힘없이 한 발 한 발 목발을 짚고
잠결로 들어 종소리를 멈춘다.
헐렁한 것들을 조여 날개를 착취해 버린 밤은
고향 잃은 사람들처럼 비틀대고 어지럽다.

쏟아지는 네온사인들은 아직도 목이 탄다.
벗에게 한소리 맞은 졸장부 등을 밀어내고
눈이 퉁퉁, 상처 매단 여자를 토해내고.
여자는 풍요로운 어둠 속에 앉아 뼈를 추린다.
그녀의 속은 이제 빈곤하다.
검댕이 진 도시를 지나서
새벽기도라도 들면 좀 나을까?
여자는 담배 연기 속에서 나오지 않는다.

멀리 별이 난다.
하늘은 오늘따라 유난히 쏟아지는 저 별똥들을
무슨 핑계 삼아 모았던 것일까?
우울한 추락이여.
치렁거리며 목에 걸었던 모순이
죽은 다이아몬드로 붉게 익어 가는 날.
나는 하잖은 우주에 앉아 돌을 주울 손을 뻗는다.
몇 시절을 거쳐야 그대들을 맞을 수 있을까
새치기 한 번 어떤지

°한밤, 잠을 설치다.

주스 한 모금 물고 밖을 내다보며.

# 가을

세상맛이나 제대로 봤더냐.
무엇이 그리 급해서
니 어미의 심장에 못을 꽂고
쾅쾅 박아 두고 날아갔느냐 말이다.

니 아비가 너의 육체를
어찌 장작같이 여기고 불을 내란 말이냐.
애비더러 어찌 그리
뼈가 갈리는 일을 맡긴단 말이냐.

니 벗의 가슴에 착한 추억거리만 새겨두고 갔더냐.
한밤 닭튀김을 들고 찾아들어
너는 벗의 안부를 물었고
아들은 너의 안부를 내게 전해 주었다.

눈 깜짝할 새 로케트가 되어
하늘로 날아가버린 너
너를 홀가분하게 보내고서야
너의 전갈이 날아든다.

누구누구의 눈이 되고 가슴이 되어

다시 뛰게 되었다고.

그리 여덟 명의 니가 세상에

다시 태어나서 살아갈 것이라고.


우리는 더러 너의 이야기를 꺼내지 못할 것이다.

그것이 치워지고 바윗돌로 막는다 하여 덮어지겠느냐.

우리는 그저 견딜 뿐이다.

너에 대한 정보는 어디에서도 들을 수 없다.

너는 바래져 갈 뿐이다.

그러면 우리는 또 어떡해야 하나.

서늘한 하늘이 나뭇가지에 내려앉아

집에 돌아올 생각도 않는 너를 안는다.


°하늘나라로 떠난 어느 피자 배달 소년의 애가.

밥2

일찍이 죽은 어미의 허기인가
어미의 못된 꼬라지만
똑 빼닮는다더니
삼시세끼를 허덕이며
얻어먹는다

무덤같이 수북한 밥을 푸고
새하얀 도라지 나물 무쳐
동의보감대로 몸 보신하고
뜨뜻한 국물로 속 풀어
일어나 앉은 저녁

오늘 마지막 밥이어서
속이 다 헌다
내일 아침까지
빈속을 어찌 돌볼꼬
일찍 잠든 꿈속에서는
어미가 젖을 내어 물린다

° 장염으로 종일 굶은 날 저녁을 먹으며.

100

# 낙하

한 병의 술병이 비워지고
구겨져 내던져진다
갇힌 자 세상에 내놓여도
갇혀 있도다
손 쓸 수 없는 발을 내디딘
질펀한 추억이다
비탈에 기대어 서서
어쩔 수 없이 흔들어 보이는
오늘 저 항해의 깃발이
엉성엉성 날리는
신음하는 땅에
외로움처럼 얼어버린 혼망

나는 자유하되 속박이다

° 더러 자유가 불편하다.

## 시인의 마을

내 집은 대강대강 아무렇게나 지었다
그저 살아있는 나를 안고 살아 주면 되니까
오늘 이 땅에 지어진 너의 집이 마음에 들지 않으면
내일 너의 땅으로 옮겨 네 집을 지으라는 그는
제멋대로 자를 갖다 잰다
도저히 끼워 맞춰지지 않는 수치들이 무자비로 쏟아진다
어차피 매듭을 짓기엔 이미 헐렁하게 풀어졌다
이 시대는 운율을 잃어버린 지 오래다
기실 운율을 따지고 말고 할 때가 아니다
굳이 엮어 짜 맞추려 하지 않는다
이 땅에 사는 시인들은 그래서 자유를 기록한다
기가 막힌 곡절을 부르고 떠나간 시인은 다시는 오지 않았다
아주 옛날 유배지로 떠났던 시인들은 외로운 음률을 띄울 줄
알았다
하지만 어제까지 죽어간 시인들은
속으로 기어든 허기조차 측량해 내지 못하고
손가락만 빨다가 약간의 명성으로 내력을 통제할 뿐이다

허름한 집을 지어 놓고 나는 이미 시인과 동거 중이다
더러 그의 몸속을 샅샅이 더듬으며 타고 들어갔다 나온다
서글픈 말 흩뿌리며 엄살을 떠는 그에게
시인들의 언어가 포만하여 시집이 헤진다고 한 적이 있다
내지른 말들이 절창을 이루니
모두가 탐할 수밖에 없다고 나는 쓸쓸한 웃음을 대답했다
막연하게 쓰이는 언어의 동맥들을 이어 놓고
여행자처럼 떠났다 초연히 나타나도 기어코 반길
우리의 말 없던 약속들을 사랑한다
오늘 밤에도 한 발뙈기 주워 모은 걸러지지 않은 노래는
만삭의 내 집을 습격한다

° 시인들 몸속에는 시인이 산다는데.

# 나의 살던 고향은

언제나 술에 찔어
십팔번 곡으로 불러 제끼던 머나먼 고향을
노래의 가수보다 더 깎아 지르며
온 동네에 대고 애창을 하던 그의 노래 솜씨를 나는 안다.

술병을 들고 온 들판을 산과 논을 비틀대며
그 흙 사이를 타고 다니던.
높디높은 산에 밤나무를 심어 두고
날이면 날마다 술병 들고 찾아가서 앉아
제가 해 놓은 일에 뿌듯해하던.

어느 누구가 멋지다고 한 말 떼어 주지 않아도,
누가 못난이같이 잘 가꾸지 못한다고 귀띔해 두지 않아도.
그저 노랫가락 몇 소절
밤나무 사이사이 이랑을 파고 총총히 심어 놓던.

나중에 보물들이 주렁일 거라고
낮마다 밤마다
술 취해 허공에다 흐린 눈물을 흘리고
닳은 고무신짝을 스르륵 끌어대며
무에 그리 머나먼 푸르른 날들에
보석들이 주렁거릴 일이 있다고
그리 가슴께에서 높다란 산야에 울어 바치던 노래.

그에게 밤나무가 울창하게 심어진 집 뒷산은
그 당시 그에겐 모든 재산이었고
그에게는 가장 어른이었으며
그가 가질 수 있는 유일한 신이었을 것이다.

아이들을 데리고 조막조막한 작은 손들을 불러 모아
그가 만들어 놓은 파라다이스.
이리저리 어디 구르다가 집으로 들 때
그저 산먼당이 바라봐 주는
해를 감고 선 산에게 모른 척 푸념을 늘어놓고
엄살을 피우기도 했으리라.

욕심도 없어 눈멀고 귀 먼 인양
매사 술 한 병 옆구리 걸쳐 허탈히 값을 치르고
노래 한 자락 서러움 한 줄 술잔에 타서 부었으니.
세상에 관하여 피어나는 모든 희로애락은 내 모를 일.
거칠게 눈 흘긴 마음 아스라이 하늘에 뿌려 올리던.

나는 그에게 어떤 것으로도
우리가 해다 바칠 것이 없음을 안다.
그는 모든 것을 다 마다하리라.
한 줌 욕심도 없이 가벼이
마른 몸을 가까스로 얇은 홑옷에 집어넣고
매일매일을 살았으리라.

지금 그의 머나먼 남쪽 고향은
말도 못 하게 울창하고 근엄하고 기개 있고 강건하게
큰 산을 이루어 그 대범함이 이루 말할 수 없다네.
우리의 아이들이 보물같이 쑥쑥 나고 자라고 있으며
그의 그 오랜 기도를 들어 주느라 산천은 분주하니.

익히 알았으나, 알고는 있었으나
아버지,
당신의 한이 이리까지 활짝 피어나도록 외로웠을
당신의 따가운 날들에
이제야 미안해해도 될는지요.

원 없이 술독에 빠지기를 앙망하셨던 당신.
한없이 술을 따르고 오는 길에
빈 잔 쌓이듯 켜켜이 한이 차오릅니다.

    °故 진광호 님을 그리워하며 30여 년 만에
  내가 심은 밤나무를 찾아가 밤톨을 세어 보다.

장미에게

밤새
불꽃으로 살아서
너는
열매를 달았구나

봄내
활짝 태어나 피울 꽃
한 다발 묶어다오

꽃밭으로 달려갈 테니
그대,
진한 열정이여
우리를 위로하라

° 오월, 장미의 계절.

# 무지개

먼데 산이
은혜로운 비를 맞고 섰다.
하루 온종일을
세상도 비를 맞는다.

구름같이 조각난 수제비를
떠 넣는 아낙.
냄비에서는 파도가 일었다.
풍덩 빠져 침몰하는
설익은 꽃잎들.
그 바다를 한 그릇 퍼담아
오물대고 먹으면서 시를 썼다.

음악을 틀어 놓고
그 위에서 시를 낭송했다.
시는 비가 되어 내렸다.
나는 계속해서 시를 읽었다.
죽도록 읽었다.

그랬더니 나도 비가 되어 내렸다.
뜨거운 비를 흘리면서
나는 여전히 시를 읽고 있었다.

강미.

# 꽃 피는 초상집

점빵에 술 상자들이 줄지어 들어오고 있었다.
곧 술병들은 니아까에 실렸다.
그 뒤를 주전부리의 것들이 날라져 나왔다.
마흔 줄의 희끗희끗한 머리칼을 가진 사내가
앞서 초로하게 니아까를 끌고 간다.
사내는 한 걸음마다 노래를 부르고 있었다.
뒤에서 미는 아이들 신이 나라 힘을 보태고 논다.

집 마당 한복판에는 국민학교 운동회날 보던
높이 지붕을 올린 천막이 쳐지고 있었다.
그 아래로 멍석을 깔고 아낙들은 분주히 상을 봤다.
샘터에서는 느닷없이 불귀의 여행을 떠나게 된
사지를 뒤틀며 자유를 포박당한 돼지의 초연한 노래가
마을의 심장을 찍고 멍을 때린다.
그의 하늘은 뒤집혀 땅에 떨어져 있었다.
목덜미로 낯선 칼이 춤추며 든다.
시뻘건 영혼이 터져 내린다.
남자들은 마지막 붙은 목숨으로 정력을 챙겼다.

110

들꽃도 만발했다.
꺾이는 일 말곤 더 이상 피어날 열정도 없는
더 붉어질 수 없는 꽃을 구제하기로 했다.
한 다발을 땄다.
몸 마디마다 엮어 화관을 만들어 쓰고
나는 말간 콧노래 부르며
산속을 헤매고 있었다.

어디서 봤더라.
어디 서 있더라.
얼른 나서 보아라.
너를 베어야 하느니 오동나무야.
너의 집에 새 들어 나 한숨 들어야 하니.

아이고
아이고
사내가 느직이 술을 데리고 왔다.

재미없는 곡조는 닥치고
내 대가리를 뜯어내서
술 좀 담가 줘.
한잔하고 갈 테야.

°열다섯 살, 숙부를 따라 조부 초상을 치르며.

# 마사지 2

간지럼을 태우니
다소곳이 있지를 못하네.
황토로 만들어
더욱 효능이 뛰어나다는 찜질팩을
마른 수건에 싸서 대어주며
입가에 미소를 무는.

그러다 분명히 또 어제같이
당혹스럽게 관절 위에다
보약 같은
독을 푹푹 짜서 어루만질.

쑤시고 저려서 손도 못 대는
내 소심한 다짐 앞으로
한 오백 년쯤 살아도 좋을
희망을 문지르는 약손 아래로
조촐하게 내미는 커피 한 잔.

온전히 구멍 난 뼈 사이로
천천히 새어들어
팍팍 삭아내리는 세상사.

° 다리를 다쳐 물리치료를 받으며.

# 새벽

왜 우리는 눈물을
푸른 눈물이라고 부를까
왜 우리는 둥근 달을
푸른 달이라고 부를까
왜 우리는 호수를
푸른 호수라고 부를까
왜 우리는 들녘을
푸른 들녘이라고 부를까


푸르다는 것은 편하다는 것일 테고
푸르다는 것은 안락한 것일 테고
푸르다는 것은 따뜻하다는 것일 테고
푸르다는 것은 울 때 잘 감추어지고
푸르다는 것은 웃을 때 잘 흐리고
푸르다는 것은 나타날 때 진하게 다가오지 않고
푸르다는 것은 사라질 때 완전히 떠나지 않는다
푸른 삶은 우리에게 부담을 주지 않고
적당한 색깔을 칠하도록 일러 준다

푸른 세상에서
한없이 울어본 사람
그는 어디쯤일까
그리움은 푸르다

° 도무지 알 수 없는 것들이 보고 싶을 때가 있다.

입동

두 마리의 새가 지붕 위에 앉았다
대청마루에 거울을 열어 세워 둔 여자는
계집아이 하나를 끌어 앉히고
곱게 머리를 빗어 댕기를 들이고
치마저고리를 입힌다

야시처럼 붉은 입술
먹이라도 먹인 양
검게 치킨 눈썹의 아이는 쫑알댄다
어디 가냐고

여자는 동서남북으로 손을 뻗어
무용수처럼 너울댄다
아이에게 떡을 놓아 주고
향을 꽂으라 한다

여자는 어여쁜 쪽빛으로 베 썰고 옷 지어
하늘로 피어오르게 하였다
열렬히 피어오르던 불씨가
체한 연기들을 쫓아내 버리고
약간의 세상을 소유한다

멀리 개 짖는 소리 중천을 넘지 못한다

° 나의 조상님들께 가을 묘제를 올리며.

단골집

뜨거운 시레기국 한 그릇을 퍼담아 앉는다
마주 앉은 사람에게도 한 그릇 건네준다
조물조물 무친 나물들이 줄지어 나오고
김치가 포기째 찢어져 입안으로 들어오고
총각무우김치는
알음알음 밥수저 위에서 으뜸이다

오물대며 삼키는 밥알갱이들
시원한 시락국이 다시 한 번 더 농굴하게
국물이 넘어가서 체기를 내린다

밥상을 받는 여자는 밥상을 차려주는 여자에게
다정한 인사를 늘 잊지 않는다
숭늉을 내와서는 후후 불어 권하고
다붓하게 손을 뻗어 빈 그릇들을 만져
댕그렁 풍경소리에 섞는다.
멀리 지그시 보이는 산먼당은 졸음을 못 이긴다.

° 혼자 밥을 먹으며 거울 앞을 꾸물거리다.

# 모정의 세월

꿈에
방황하던 아들이 나타나서 부뚜막에 걸터앉더니
다시 몸을 일으켜 고개를 숙이네.
어머니 밥 한 그릇 따스히 푸시고 숟가락 건네며
아들의 큰절 받기 연신 거절하시지만
이 얼마나 오래된 소원이었던가.

어머니 귓가에 총탄소리 아직도 살아
매일을 가슴 에이게 하지만
오늘 새벽잠 설치며 근심과 걱정으로
북으로 오를 나랏님 탄탄대로 걷다
집으로 돌아오기를 정화수 떠놓고 비시네.

백발의 아들 따님들
노부모님 못다 뵈옵고
이산의 고통을 안고 이승을 떠나시니
이젠 자손들만 남아서 어리둥절 역사를 기록하네.

축제의 한마당을 감동과 눈물로 한바탕 뛰고
한 맺힌 노래 한 자락 남과 북의 벽을 뚫고
한숨 달달하게 지르고 나니
하나같이 뜨거운 한 가족이었단 걸 아네.

아랫동네는 봄까지 눈가루가 날렸네.
북으로부터 온 꽃눈 소식이 아니었나 몰라.
세월도 빨라 사월과도 작별할 무렵
두 산이 만나 큰 산맥 하나를 이루네.
뺄 것도 더할 것도 없이 참 잘 맞네.
앞서 갈고 닦아 놓은 길 위에 감사를 전하는 위인들.

 새들이 머리 위에서 노래하고
새파란 하늘이 굽어보며
모른 척 모든 순간을 용서할 때
제자리걸음만 돌지 마시고
부지런한 걸음걸음 힘차게 달리시길.

디스크에 걸린 지 오래되어

지금은 주삿바늘도 들지 않는

녹슬어 삐걱이는 허리춤.

허리띠 단단히 매어 추켜 올릴 때

더는 울음 흘리지 않을

서쪽 작은 섬에 사시는

벗의 어머니 업고 막걸리 한 사발 따라 붓고

제일로 공이 컸노라고

세상 온 꽃밭을 통째로 바치고 벗을 위로하리라.


앞마당에 아장아장 병아리 떼가 태어나네.


° 남북정상회담.

평화통일을 기대하며 연평해전을 생각하다.


122

# 잠

닳고 닳아 삭은
끝까지 욱신대는 다리를 끌어안고
머리를 싸매고 드러누웠다
갑자기 나타난 의사와 간호사는
지적으로 떠들다 구미에 충족하는
꼬리표를 달아 놓고는 휑 나가 버린다
한 번 더 지어 올려 보고자
있는 힘껏 꼬리표의 번호를 외우며 중얼댄다
조용한 방에서는
더 이상은 충전해 주지 못한다고
따각거리며 일회용 약통을 딴다
재빠른 손들이 장난감을 해부하고
튼튼히 조립한다

° 다리를 다쳐 치료받으며.

# 노인병동 남자병동 나의 늑천

말그레한 유리창은 바람을 부르고 있었다.
언제나 남자를 둘렀던 흰 그림자가 단추를 풀고 있었다.
남자에게 고향 품 같기도 하여 부드럽고 포근했던
그러나 홑겹이어서 오히려 버거웠는지도 모르는
간혹 깊이 숨고 싶었을 때도
꼭꼭 감추어주지 않아 거슬렸을지도 모르는.
불만이었던 하얀 집을 남자는 오늘 죽였다.

몸을 푼 나락 쭉정이같이 껍데기만 흐물대는 남자의 흰 손은
넋을 풀고 날아가는 오래된 집을 가여이 쓰다듬는다.
언제나 우울했던 남자의 옷소매는 기적을 부르다
꼬물거리는 낮잠을 데려와 주곤 했다.
그러면 남자는 점잖게 기대어 맘껏 졸았다.
마치 기다리던 행운을 붙든 듯이.

어디쯤 남자의 집은 또 정박해서 살아질 것인가.
제정신이 아닌 채로 날아다니다
뭉클해지는 어느 땅 한 귀퉁이에 유혹당해
그는 서둘러 몸을 웅크리고 앉아서
차가운 콘크리트 벽으로 밀어부칠지도 모른다.
남자가 묻혀놓은 냄새를 아껴 뿌리면서 말이다.

사람들이 남자 주위에 몰려들어 서성이고 있었다.
한다는 소리들이
남자에게 새 옷을 입혀야 한단다.
남자는 좋겠다
새 옷을 입고 다시 새마음으로 삶을 다질 수 있어서.
하나 이게 웬일인가.
그의 새집은 너무 불편하게 지어져 있었다.
남자의 자유를 결박하고
삐져나온 몸뚱이 구석구석을 구기고 있었다.

남자는 입주하는 새집이 영 못마땅하다는 눈치다.
누군가 싸구려 자재로 지었다는 귓속말을 전한다.

당장이라도 무너져 내릴까 염려되기 시작했다.
그러나 남자는 이내 체념해 버린 듯했다.
단장되는 대로 가만히 두고 보고 있었다.
남자는 어느 때보다도 골격이 좋아져 보였다.
꼭 마징가 제트를 닮아가고 있었다.

술렁이는 인파 속으로
뽀얀 청승을 두른 꽃다발이 들어 왔다.
꽃은 여느 날보다 조금 뚱뚱해진 남자와 마주했다.
화려한 자태에 기죽은 남자는 새초롬해 했다.
한 송이의 꽃이 겁 없이 남자의 손목을 휘감았다.
그리 남자의 손을 꼬옥 잡고 제 온몸을
머나먼 남자의 새로운 고향 앞으로 부쳤다.

° 작은아버지 장례를 치르며.

126

# 시

시인은 이따금 시를 쓴다고 자랑한다
나도 시인에게 우기고 싶다
나도 더러 시를 쓴다고
수많은 세상이 몰려들어
헤아릴 수 없을 만큼 행복할 때도 있지만
바보같이 다 쓸어내고 비우다가
아무것도 쓰지 못할 때가 더 많다
내 속 어디까지 나를 데리고 들어야
한 줄 겨우 엮어 놓을 것인가
잃어버린 언어들을 어디 가서 수소문하나
그리움도 연민도 모두 다 분실했다
날아가려면 구걸해야 한다
삼삼한 말들 주워다가
코에도 걸어주고 귀에도 치렁이고
파란 하늘 뜯어다가 펼쳐
코스모스 활짝 박힌 원피스 해 입히고
허리엔 휘황찬란한 벨트 묶어
또각거리는 구두 끌리고 나서고 싶다
그러면 좀 시 같아지려나

° 시인과 나

낙화

밭에 앉아 있다
한 무리 새 떼가 소리도 없이 날아간다
그 뒤를 허무가 속절없이 바람을 일으키며
속도를 내고 있었다
사라지려는 것들이 질투에 만취되어 다시 살아나
그들의 영혼을 뒤따르기 시작했다

하늘이 비워지는 날
팔을 벌린 채 포도밭에 누워
알사탕처럼 꼼짝없이 처박혀 매달린
풍성한 초상을 베고
이불처럼 펄럭이며 구름을 덮는다
바람결에 습하게 스미는 유년의 기억은 가엽다.

소녀 시절, 꽃핀 치맛단을 치키고 춤사위를 벌이다
밥을 태워 먹었다
다시 춤추기 위해 춤방을 꾸며야 했다
모든 쇼는 목욕탕에서 태어난다는 사실을 알고 있었다
허구한 날 내 본부에서는 나를 낳았다
뜨거운 쾌락을 맛본 방은 찬물을 끼얹는 버릇이 생겼다

시방 그 방으로 들면 어린 날처럼 나 활활 태어날까

겨드랑이가 간지럽다
아낙이 되어 밭골 푸른 머리칼을 쓸어가며
야물고 땡글한 포도를 딴다
또 그의 청춘도 꽃답게 죽는다는 것을 일러 준다
바람난 미풍이 슬슬 귀가한다

° 포도밭 원두막에 드러누워
'이형기'님의 한 줄 극치를 욕심부리며.

냉이

풀이 난다
눈앞에 보이는 것들이 희미해진다
봄이 들어 앉는다

꽃무늬 치마 팔랑거리며
밭둑에 앉아 나물을 캔다
설렁설렁 봄이 뿌리째 동강 난다

잘 다듬어
맛난 양념에 쫑쫑 무쳐서
막걸리 한 잔에 걸쳐 먹음 좋겠다

술을 뿌리고

먹고

취하다

어느 집이든 파서 들리리라

시끄럽고 어지러워지면

내 무덤으로 잠시 들었다 나오리라


 소쿠리에 씻어 받쳐둔

나물이

햇빛에 버무려져

반짝거린다


° 조부 무덤가에서 고사리를 꺾으며.

# 노숙

한밤 바람이 많이 불었으며
먼바다에는 파고가 심했다.

흐린 날씨를 그린 하늘이어서
별 무리 속에서 빛을 쏘고 달리던 비행기도
그 밤엔 구름 속에 갇혀 버리고
그나마 달빛이 틈틈이 낯을 내밀어
제 존재를 과시해
하늘도 높은 기상을 생색내고 있었다.

순대에 소주잔을 더하는
등 굽은 노인의 곁에 가 앉아
이 밤을 열거해 부치는 노래를 쓴다.
사실은 나에게 일러두고 싶은 말들을
노인에게 다정한 척 불러주는 것이다.
그리 산 하나 세우고 우쭐해졌다.

7년 만에 찾아온 한파에
전국이 깡하게 얼어붙고
수도관이 동파한 싸늘하던 밤
속수무책 드러누워 미소를 흘리는
얼어버린 불운한 자유.
어제 신문은 훔친 욕망을 채우고
힘차게 펄럭였다.

° 동사한 노숙자의 소식을 들었고 수원역 6번 출구
에서 빅이슈* 잡지를 사들고 나는 집에 왔다.

* 빅이슈 잡지; 노숙인들이 자립을 위해 판매하는 잡지다.

# 보름달

시퍼런 겨울이
찢어진 눈을 부라리고 든다
폭풍은 망집을 세우고
기어코 옷섶 사이로 날렵하게
고독과 손잡고 입주한다
매일의 날들은 으르렁거리며
철통 같은 그들의 몸에 달라붙어 살지만
내가 보듬지 못 하는 게 유감이다

고독에게 업혀 사는 것도
지긋지긋해졌다
쌀쌀한 공식에 갇혀
희한한 해답을 구하는 것도 그만둘 것이다

그 핑계로
그들과 통하지 못한 나는
이기의 영혼만 데리고
먼 언덕을 넘는다

그래도 그대들
더는 달아날 수 없을 때
제발 내게 합체할 기회를 줘
엄살 그만 떨고 붕괴되어 볼 테니


° 겨울밤, 달이 퍼렇게 얼어서 떠 있다.

소나기

나를 옥죄는 기압이여
상심이 쳐들어오기 전
흔적없이 자멸하고 싶다

ㅇ 소나기.

# 모래성

마을이 무너질 거란 소식을 들었어. 목련은.

다시 근사한 마을을 지을 거란 소리도 들렸지.

어쩌면 목련은 생각해 봤을 거야.

아마도 마을은 스위스풍으로 지어지고 싶을지도 몰라.

알프스 산맥 아래 평원을 많이 닮은 땅이거든.

투기꾼들이 눈 흘기다 말고 간 그 자리에

푸른 씨앗을 뿌리러 올 소년이 필요했을 거야.

소년은 붉은 땅에 불도저와 포크레인을 불러야 했어.

깡그리 옷을 벗은 대지는 부끄러운 줄도 몰랐지.

파란 하늘을 잔뜩 이고 있었으니.

여유롭게 구름 속을 노니는 양 떼들도

새로 지을 마을 입구에 내려와 놀다

뭉게구름이 데리러 오면 하늘로 올라갔지.

세상은 까매지고

목련꽃만 환하게 우두커니 섰더랬어.

다행한 일이었지.

아직은 아무도 꽃을 꺾지 않았으니.

밤새 목련 나무는 칭얼거리는 소년의 풀들을
제 자궁 속으로 불러 포근하게 돌보아 주었어.
다음날이면 소년이 찾아와
예쁘고 아름다운 이야기를 낳도록 숨아주곤 했지.
둘은 이야기꽃도 피웠어.
언덕 위에는 큰 성을 하나 쌓아 올려놓을까도 생각해.
마을을 내려다볼 수 있는 인자한 성을 말이야.
소년이 말했어.
착한 지붕들을 세우고 강물에도 비추어지는
산 그림자 덮어쓴 마을을 쓰다듬어 줄 엄마 같은 성 말이야.
목련이 대답했어.
어둠이 앉으면 불빛 새어나는 창문을 하나둘 세어주며
다독여 재워줄 아빠 같은 자상한 성 말이야.
목련이 한 마디 더 덧붙였어.
소년은 하얀 도화지를 챙기러 갔지.
목련은 모가지가 너무 따가워졌어.
소년이 얼른 보고 싶었어.
쿵!
목련은 잠시 후 정신을 차렸어.
저만치 목련의 가슴께 걸터앉은 소년이 보였어.

소년은 집은 짓지 않고 슬픈 음악만 지어댔어.

괜찮아.

울지마.

내 나이테 위에 멋진 집을 작곡해 줘.

잊지 마.

쓸쓸한 스위스풍이야.

° 집 앞 좋아하던 목련 나무가
지하철 공사로 베어지던 날.

# 김장

하룻밤 새 수척해진 머리맡
어쩌면 다시는 잉태하지 못할 뿌리
속 시원히 잡아 뽑고
파헤치고 작업했다.

자연을 버리고
숨 막히는 멍에를 뒤집어쓰고
이웃들을 보듬고
이 난장을 경영한다.

훅~ 예고장 없이
들이닥치는 화려한 상처
단두대 위에서
둔덕을 깎아내린 아슬한 나태
따갑고 아린 것을 구분 짓지 못하고
집착하는.

끝내 간섭 말라며
고집을 부려 곧잘 무쳐진다.
새우젓 한 젓가락에
기막힌 감칠맛이 되어
모두가 다 그런 거 아니었냐며
시든 고개를 거우 쳐든다.

내 입속에서
알싸하게 씹히는 한갓 꿈이
그대 꿈이었던가.

° 배추김치 한 포기 썰어 가며.

# 봄

호떡을 뒤집는 손길이 분주한
비닐과 천막으로 동그랗게
진을 친 그 속으로 파고들어
가만히 앉아 있고 싶었다

붕어빵을 굽느라 바쁜 손 위로
천막이 집채처럼 따스하게 지어진
그 방으로 들고 싶었다

어수선한 비닐 천막으로 빗물을 막고
을씨년스럽게 나물거리를 벌려
찬거리로 나앉은 노파를 보고
나는 내 장난감들을 모아서 줄줄이 세워 두고
노파의 나물을 다듬었다

오늘 저녁상엔 갖가지 나물들이
갖은 양념을 묻히고 줄지어 올랐다
봄 교향곡처럼
푸른 밥상이 너울댄다

°지나간 겨울은 너무 추웠다.

# 현기증

하늘이 구름 덩어리들을
내던져 놓았는가
얼어 매달려
말랐던 몸매마다
수북이 친 부끄러운 꽃송이들이
나를 빤히 내려다보고 있다

화들짝 놀라서
입 벌린 네 속을 보이며
내지르는 단말마

뭉게뭉게 피어올라
달큰하게 비비는
펑 튀긴 강냉이 한 주먹
얻어먹고 싶네

° 팝콘 같기도 하고 강냉이 같기도 한
벚꽃을 바라보며.

# 사모

이른 봄날 한겨울같이 눈이 내리는 것을 좋아하고
살 붙은 초록의 나무들을 봄날에 좋아하고
분홍꽃다발 진달래 수줍은 웃음을 봄에 좋아하고
여름날 새벽 일찍 눈을 떠 이슬 보는 것을 좋아하고
꽃이란 꽃은 다 낙화해버린
여름의 튼튼한 꽃가지들을 좋아하고
여름날 저녁에 어둠 내리는 강가에 나가 앉아
밤이 되어가는 강기슭을 관찰하는 것을 좋아하고
여름날 밤 마당에 짜놓은 평상에 앉아
풀벌레 소리 들으며 낮에 목장에서 있었던
파란 하늘을 바라본 일을 이야기하는 것을 좋아하고
이 산 저 산 푸른 초원 달리며 소를 키우는 일을 좋아하고
가을날 말들이 모여서 낙원을 달리는 것을
한참 동안 바라보는 것을 좋아하고
가을날 낙엽을 쓸어 모아 두는 일을 좋아하고
가을날 고개춤을 추는 코스모스에게 찾아가서
그의 낯을 물끄러미 들여다보는 것을 좋아하고

몇 잎 따서 그 순간을 책갈피해 두고
겨울 동안 만져보는 것을 좋아하고
가을날 쓸쓸해서 죽을 것 같은
가을바람이 내주는 소리를 좋아하고
하필 가을날 떠나간 애인들을 애타게 찾으며
노래하는 예술가들을 눈물겨이 좋아하고
늦가을에 내리는 비도 좋아하지만
가을이 남았을 때 내리는 눈도 좋아하고
겨울날 아직 떠나지 않은 늦가을을 좋아하고
겨울날 기타 줄 튕기며
남은 가을 노래를 불러주는 가수를 좋아하고
겨울 오전에 가을에 딴 국화꽃 잎을 우려내
다시 꽃피워 마시는 국화차를 좋아하고

겨울날 마른 짚 모아 어물 치는 것을 좋아하고
겨울날 문풍지 새로 들어오는 언 바람 냄새를 좋아하고
그 향취에 눈물 젖는 내 눈동자를 좋아하고
내가 좋아하는 얼어붙은 시냇가의
다이아몬드 같은 얼음조각을 좋아하고
겨울날 마르고 버려진 나뭇가지들을 주워 모아
따뜻하게 군불을 때는 것을 좋아하고
타고 남은 잿덩이의 고운 미련을
헐고 야윈 땅에 비타민처럼 뿌려주는 것을 좋아하고
그 땅에서 그 겨울 보리가 빼꼼 터올라
보리밭에서 다시 봄을 기다리는 것을 나는 좋아한다.

°어느 날 뒤져본 내 마음속에는.

147

대추

선달 그믐밤 컴퓨터를 깨운다
곱게 설빔을 차려입은 아이가
어른들께 세배를 올리는 그림이
모빌처럼 어울렁대고 있다
할애비는 아이를 무릎에 앉히고
옷고름에 복주머니를 채워 주신다

지방 쓰는 법, 검색어 1위
나는 눈 감고 외친다
조상님네들 안녕하십니까
마술 서책을 펼쳐두고
당신의 아이들이
당신을 부르는 주술을 걸고 있나니
총총히 다녀가시지요

반서갱동 홍동백서 조율이시
맛난 밥상도 올리오니
아무쪼록 다 드시고
아이들의 세배도 즐기시지요

퇴주 그릇 물린 술잔에는
달콩한 향기 남기시어
입맛 다시게 하소서
잔치 마치고 나가시는 길에
육간 대청서 헛기침 한 번 내려주시고
무탈하라 이르시며 대문 나서시지요

날이 새면
감나무 꼭대기에서 까치가 울 것이다
나는 떡을 떼서 감나무 밑에 바치고 앉아
봉분들을 쓰다듬겠다

°명절 때면 어김없이 늘 헤매는 지방 쓰는 법

천생연분

하늘이
왈칵 내뱉은 달빛 아래
일렁이는 고요를 옷 벗겨 눕힌다

비집고 든 손가락 사이로
화살이 날아와 꽂힌다
애써 봉긋할 궁리를 대보는 나신
멸망한 정욕을 벌떡 세우는 박력의 권모술수

어쩔 줄 몰라 허락할라치면
저만치 튕겨 허탈한 신음을 토하는
쓸쓸하고 지루한 손길이
호젓한 골목을 더듬고 지나면        내친김에 무딘 감각들을 살피는
가는 소리로 헐떡이며              위대한 농락
숨이 멎는 등골 아래로            격정에 찔린 후렴구
송송 수줍음이 한 고개를 타는      북을 찢는다

° 가야금 어루만지는
황병기 선생에게 반하다.

# 고독

새들 빈 둥지를 눈치채고서야
홀로 섰다는 것을 아는구나

꽃봉오리가 다 터져서
꽃비가 내리는 것을 보고서야
마른 몸을 알아보는구나

이른 봄,
아직도 얼어서 흘러내리는
시냇가에 우두커니 서서
뿌리로 한 시절을 흡입하는구나

온몸으로 사계절을
노래하는 검푸른 숲에서
재채기를 해대며
내일날에 더 화려할 것을 구걸하노라
깨지기를 두려워하니
만지지 말 것도 당부한다

° 겨우내 고독했던 사람들, 어디로 갔을까?

# 논 사월

아침 일찍 눈이 떠져서
일찍이 창문을 열고 밖을 살폈다.
저 꽃들이 더 이상 만발할 수 있을까.
꽃나무들이 탱탱하게 뽐을 내고 섰다.

저기서부터 캐리어를 끌고 걸어오는
아이들은 오늘 소풍을 간단다.
설레는 마음에
좋은 날씨가 한몫 보태어진다.

줄줄이 버스 행렬이 나가고
아이들의 엷은 웃음 소리만 남아
운동장을 맴돈다.
순간 바람이
아직도 서러운 젖은 눈가를 말린다.
사월을 남기고 떠나간
아이들이 내려와서
우리의 찬 손을 만진다.

매일 아침 꿈쩍도 않는 사진 속을 뒤져
미소를 더듬어 찾아보는
엄마의 서글픈 손끝.
말없이 넥타이를 매는 아빠의 눈 속에는
지난밤에도 불면의 고통에 서려서
한 올 희멀건한 세월이 삐죽이 올라오고.
교복깃을 단아하게 매만지는
아우의 가슴에 오늘도 철없이 달라붙는
노란색 리본.

가족의 하루하루는
흘러도 흘러도 시간이 가지 않는다.
노을이 하늘에 걸쳐 있다.
아이들은 날마다 붉은 해를
하늘 저편에 풀어 놓고 뛰어논다.

놀다 곁눈질로 피식 웃음 흘리며
아픈 데는 없냐고
안부를 묻는다
아픈 데가 없냐고?

°세월호, 아무리 세월이 흘러도.

# 몸살 2

아침부터 축적거리며 비가 내리는 날이었다.
쑤시는 몸을 일으켜 집에서 겨우 나왔다.
학교까지 가는 내내 친구의 부축을 받았다.
공부시간 모든 것은 허공에서 둥둥댄다.
선생님은 내게 양호실로 가서 쉴 것을 권하셨다.
양호선생님은 책꽂이에 죽을 올려 놓고는
어딘가 가시고 안 계셨다.
그 죽을 퍼먹으면 몸이 좀 나을 것 같았다.
선생님이 오시기 전에 죽을 훔쳐 먹기로 했다.
찰떡같이 찰찰 감기던 죽은
어느새 바닥을 드러내고 있었다.
선생님은 오지 않으셨다.
분명 내가 먹을 것을 알고
착실히 쑤어 갖다 놓으신 게 분명하리라.

전복이 몇 마리 몸을 던져 익사하고
푸른 채소밭이 통째로 뽑혀 혼을 담고고
셀 수도 없는 밥풀이 뭉근하게 일어나
알뜰한 수저질을 부르고
죽그릇을 축낼수록
내 몸은 실하게 살을 붙인다.
멀리 죽 한 그릇 더 쑤는
어수선한 살가움이 이마를 짚는다.


° 끙끙 앓다 죽 한 그릇 비워 살만해진 말간 날.

# 친정

정갈한 봉우리들이 침묵한다
이 땅에는 명당도 수두룩하다
사이사이 통제선을 긋는다
뉘는 땅속에 누웠고
뉘는 이승에서 펄펄 우노라

눈물을 훔치고 그리운 옛날이 듣고파서
머리를 땋고 폴짝이며
들꽃다발 한 아름 만들어
귀신에게 바치며 무덤가에 누워본다

기침하여 솥뚜껑과 장독간을 돌며
행주질을 그치지 않았던,
무수 삐지고 땡글한 고춧살 넣어
휘휘 저으며 구수한 된장을 지지고
일부러 밥을 누려 누룽지 긁어 뭉치던,
언 물을 깨고 붉은 손등으로
청승을 방망이질해대던

무성히 짙었던 청춘은
희끗한 실타래에 꼬아져
보드랍게 눈 내리던 겨울밤
곰처럼 굴을 파고 숨어들어서는
다시는 나오지 않았다
땅속 깊은 곳에서 스포트라이트처럼
꽃 한 송이씩 피워 올리어
골 먹이며 애간장 녹이는,
생전에는 눈치도 못 챘건만
바치는 술잔 족족 동을 내시는,
이젠 말술도 달가워하실 것 같은

거울도 안 보고 사시나
머리꼭대기 살찐 봄날이 여태 빽빽하다
치장 내내 허사라고 손 저으시더니
이내 처녀같이 방실거리신다
굴밤나무 고집 꺾는 데 한참 걸렸다
이제야 어머니 발뒤꿈치 굳은살
어루만져 뜯어낸 것 같아

속이 다 갈라 터진다

바람이 분다
몸을 옆으로 뉘여 안아 본다
역시 탯줄을 잡았던 그 땅이 맞다
눈물이 난다
걱정 없이 울어도 된다
마침 어제 화장실에
새 두루마리 화장지를 걸어두었다

°벌초

방춘

열렬히 익어 가던 초목을
모조리 따서
뼈째 뜯어 먹고
벌거숭이로 섰다가
허기진 배를 까고
뛰어든 아찔한 고백

이 어찌 안을까

° 봄, 어떡해야 할까?

# 인생

걸음마를 가르쳤더니
제 혼자서 신발 끈 묶고서
마당을 나선다
달리기를 가르쳤더니
운동화 끈을 야물게 묶어서
온 동네를 박차고 다니네

이리 큰 놈이 아홉 살 때
대문 밖을 나서서
큰 도시에 놀러 나갔다
엄마엄마 부르며
물어 오는 게 많다
귓가에 대고 속삭이기가 무섭게
다음의 노래를 들러달라고 한다
몸이 여기저기 쑤신다
아이를 불렀다
다리를 주물러 달라고 했다

내일 나들잇길을
재촉하기 위해 엄살을 부렸다
아이는 외출하여
나와 여기저기 기웃거렸다
온몸이 말그레해졌다

아이가 아이를 어르고 다닌다
이제 나는 더 이상
아이를 업어주지 않는다
오늘도 아이가
내 손을 꼭 잡고 걸어 주었다

° 우리 모두는 아이로 살아간다.

## 어머니의 주소

파란 비가 내린다.
바람은 하늘 꼭대기에서 슬픈 춤을 추고
나목은 조용히 빈 가지를 흔들며
멀뚱히 제자리를 지켰으며
겨울이 곧 날카롭게 불어닥칠 것이라고
조용히 떠오르는 태양이 귀띔 넣었다.
세상의 소리들도 잠을 잤다.
그날, 모든 일들은
온종일 어디 숨었나 어슬렁대지 않았다.
내 속에서는
수많은 칼날들이 몸속 여기저기 날며
상처에게 생색내지 못하도록
피 한 방울 흐르지 못하게
나는 내 모든 구멍들을 단단히 단속하고 있었다.
드디어 지도에 그려 넣을 그녀의 집에
우리는 일제히 도착해 눈빛을 주고받는다.

아침나절부터 집을 나선 꽃가마는
세월을 잡으러 가지 않는다.
풍요로운 북 가락이 세상에 울린다.
그녀의 세월은 칭칭 중무장당하고 편안하다.
꽃이 던져진다.
그녀는 꽃송이를 센다.
사람살이 속에서 목숨을 걸고 겨우 도망했지만
다시 내게 와서 매달릴 것을 나는 안다.
나, 고배를 마신 당신을 쉬게 하리라.
당신께 복종하리라.
그리고
해가 뜨면 하늘에 당신이 걸리고
달빛 지는 밤엔 별 곁에 당신이 빛나기를
하늘에다 대고 빌어 부치리라.


° 초상, 어머니를 묻다. 사는 게 다 그렇다.

## 얼그낭두

멸치 다시를 내서 김치를 쫑쫑 썰어 넣고
국을 끓여 찬밥 한 덩이로 국밥을 만다.
지아비에게 한 상 올리는
수줍은 여심.

차디찬 새벽 뒤안길을 빠져나가는
사내를 배웅하고 돌아오는 길에
어수선하게 얼어붙은
바람을 데리고 들어 왔다.
사내의 잠자리 맡에 그 바람을 뉘이고 나서
아이들의 꿈자리를 더듬었다.

사내는 집에서 많이 떨어진 곳까지
버스를 타고 가서
하루 내내 일을 하고 집에 당도한다.
그러면 사내의 아내는 집에서
아이들을 돌보고 집안일을 한다.

사내가 돌아오는 길에는
석양도 길게 늘어뜨리고
집으로 함께 입장한다.

사내는 아이들의 사탕이나
바나나 토마토 따위들을 잘 사왔다.
아이들은 사내 앞에서 쫑알거리며
사내가 까주는 과자들을 잘 먹어 주었다.
유치한 장난을 호쾌하게 주고받으면서.

사내의 곁에서는 아내가 여린 웃음으로
가족을 바라보고 있었다.
그리고 모두 오물대며
저녁상까지 맛나게 먹어 치우곤 했다.
설거지를 모으는 아내의 어깨 위로
별밤이 내리는 것을 사내는 본다.

° 삶, 그 아름답고 버거운 고행.

# 강

마주 보고 섰다가
하루 한 번은 그림자 길게 드러누워
안아 보게 하는 큰 산.
바람까지 불어 피어오르는 날은
익숙한 냄새에 찡해지는.

시끄럽게 자전거를 타던 아이들.
우루루 몰려들어 머리를 맞대는.
그 사이로 청소부가 끼어들어
고장 난 자전거를 살가이
고쳐주는 저녁의 풍경.
환호하며 다시 달리는 아이들.

TV에서는 프랑스 거리의 악사가
블라우스 소매를 늘어뜨려
상냥하게 피아노를 만지고 지나가고.
햇살 내리는 다리를 건너가는 연인들
그 옛날처럼 파리의 키스가
이 해거름에 한 번 더 걸리고.

쓸쓸한가 싶으면
울적한 행복이 이내 들이닥치고
그 또한 몇 초 만에 들켜버리는.
사람은 까닭 모를 설움과 또 마주한다.

° 때로는 지구에 없는 세상을 동경한다.

# 신코

궁둥이를 뗄 수가 없다.
가만히 묏등 앞에 앉아서
머리에도 꽂고 가슴에도 달고 앉은.
저쪽 세상에 넘어가서야 꽃다발이 만발한.
이승에 살았던 그대를 보고 섰는.

우리를 지키겠다는 그대의 다짐도
우리는 양심 없어 이젠 더 이상
그 마음 받지 못하는 신세가 되어 버린.
하루 종일을 주무르고 치대도
오히려 그대가 가르친 노동보다도 못한.
어제와 오늘도 분간치 못하는
영혼이 빈 자들이 설쳐 불신만 키우는 조국.

아까 말이야.
어딘지 모르겠는데 그곳에는
내가 다 좋아하는 것들만 있더라고.
가을이 겨울보다 더 길게 살고 있었고
여름에 가끔 눈이 내리기도 하고.
그네를 뛰거나 고무줄놀이를 하는 마당 너머에는
무지개 다리 아래로 도랑이 흐르고.

나는 그 물을 한 잔 떠먹었지.
꿀맛인지 술맛인지 지금도 헷갈리는.
두 번 다시는 못 볼 맛이구나 하고 있는데
온몸이 으슬해져 오는 거야.
하필 그때 누군가 흔들어 깨우더군.
비를 맞고 왜 자고 있냐고 눈을 흘기는.

그대는 나 안 깨워주고 무엇 했을까.

내 안에서 잠깐 더 살고 싶었던 것일까.

멀리 희미하게 꿈결에

잠깐 들렀던 호랑이가 달아난다.

그는 나를 등에 태우고

이곳에 자주 데려다준다.


해와 달이 언덕을 보호해 준다는

그 너르고 폭신한 풀밭 위에서

그 대낮에 우리 둘은 같이 잤다.


° 국립묘지, 포스코 회장 故 박태준 님의 묘 앞에서 졸다.